南方人文。駐地書寫

城市生活手帳

徐嘉澤／著
張嘉芬／繪　盧昱瑞、徐嘉澤／攝

城市生活手帳

南方人文・駐地書寫

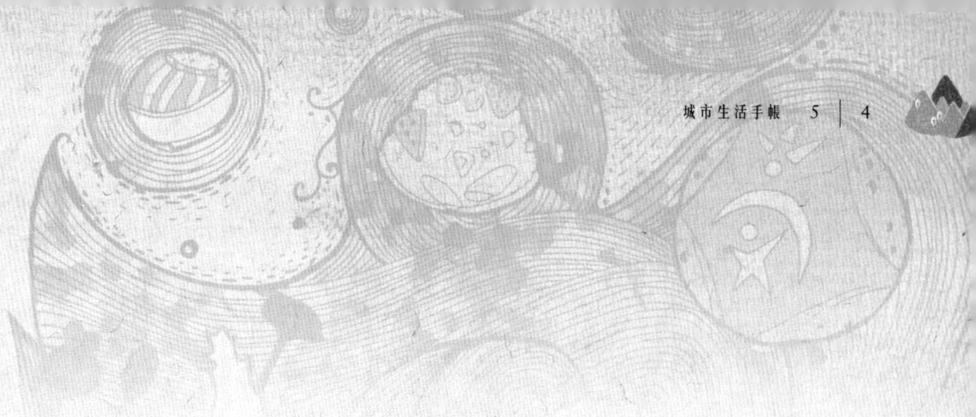

市長序
城市靈魂的永恆誦歌

為了勾勒描繪大高雄現今山海、田園以及都會等多元樣貌，此次「南方人文駐地書寫」計畫，締創有史以來最龐大的陣容，集結文學創作者、影像工作者及插畫家，深入高山、海港、農園以及現代大都會，讓文學家蹲點創作，團隊們深刻紀錄，並且走入基層的庶民生活，與大地熱情擁抱，為城市多樣的靈魂，譜出一首首永恆的文學誦歌。

大高雄自從縣市合併後，整個城市壯大雄偉了，不但從平原向高山大海延伸，並且從繁華都會擴展到綠意田園。為了發揚高雄市文學與土地結合的在地書寫軸線，「南方人文駐地書寫」計畫，策畫邀請在地創作團隊，走入南台灣生命力最為旺盛的大城小鎮。

這一系列的文字創作，包括汪啟疆《山林野旅手札》、郭漢辰《穿走母親河畔》、李志薔《臨海眺望》、鄭順聰《海邊有夠熱情》、劉芷妤《TO西子灣岸——我親愛的永無島》以及徐嘉澤的《城市生活手帳》，作家不但行走在大高雄崎嶇山林、綿長海邊，還在田園中成為一顆旺來，想像自己如何在大地的擁抱裡奮力成長。作家們還在浪濤聲中以及大都會的霓光彩影裡，傾聽孩子們及青年人的心聲，他們在上山下海遍地書寫中，賦予在地書寫更豐盛的新生命。

創作者還努力挖掘在土地、海港、山林等辛勤工作人們動人心弦的好故事，將關懷視野，灑遍大高雄每吋土地，深刻觸及莫拉克災區和弱勢小朋友的議題，讓大高雄生命的熱度，轉化成一個個發光發熱的文字光點。此外，為了讓作家所勾勒的大高雄立體化，我們動員了攝影師、插畫家、紀錄片或短片拍攝團隊，以現今多元藝術媒介的操作，留下一抹抹創作者與土地接觸的動人身影。

從此以後，讓我們從作家的文字裡，呼吸山林最清淨的空氣，學習大海寬闊的胸襟，更要像一顆汲取天地養份的旺來，最終無私奉獻的精神。我相信，在這座由文學搭建的城市裡，未來將有更多創作者，行走在大高雄的每個角落，讓文字飛揚成一首首永恆的誦歌。

高雄市市長 陳菊

局長序

遍地開花的文學種籽

縱觀國內外最好的文學創作，幾乎都是深耕地方，從自己生長的大地上，紮根、萌芽，最後遍地成林，綠意盎然。大高雄「南方人文駐地書寫」計畫，開啟大高雄地方書寫新扉頁，不但由文學創作者，將一顆顆文學種籽帶到山林，攜至海濱，歸回田園，並且栽種在大都會的柏油路上，無論環境多麼惡劣，種籽照樣衝破任何橫逆美麗開花，在我們這座城市裡，綻放恆久的文學芬芳。

參與這次書寫工作的文學創作者，代表大高雄地區不同世代的文學視野，深入大高雄地區從平原到海邊又深入山區的特殊環境。其中著名的海洋詩人汪啟疆，放下了擺放在他心中一輩子的海洋，走入那片在八八風災被重創的山林，寫下了《山林野旅手札》，以最卑微崇敬的心，傾聽上天透過災劫告知人們，要重新禮敬大自然的訊息。

中壯年作家郭漢辰則走訪大高屏溪畔，以《穿走母親河畔》書寫河岸農業、古蹟以及藝術產業萌芽茁壯的全新蛻變。導演及小說家李志薔在《臨海眺望》，以影像般的精確文字，繪寫高雄港岸二十多年的蜿蜒記憶及變化。作家鄭順聰在《海邊有夠熱情》裡，以輕巧靈動的文筆，為魅力無窮的蚵仔寮與周近地區，描繪一個個生活在市井海港的小人物。

青年作家徐嘉澤在《城市生活手帳》中，藉著手帳式的景點隨筆，記錄下自己再也熟悉不過的高雄，描繪出部分私密和部分屬於大眾的這座城市。劉芷妤的《TO西子灣岸——我親愛的永無島》，以一篇篇看似童話般的故事，書寫出在城市角落裡等待被關懷的小朋友們。

我相信，每個人心中各有一幅大高雄的城市地圖，如今我們更希望透過大高雄作家們這一系列的深入書寫，讓人們都能握取到打開自己城市記憶地圖的鎖鑰，勇往直前走入自己的山林大海，傾聽山風浪濤的無盡密語。

最終我們會走入寧靜的田園，把耳朵俯貼在大地上，聆聽到每顆看似平凡又不平凡的文學種籽，開始他們在人間的心跳。然後，我們會親眼看見他們在眼前，遍地成林遍地開花，大高雄成了一座綠意花香的文學城市。

高雄市文化局局長

高雄駁二藝術特區。

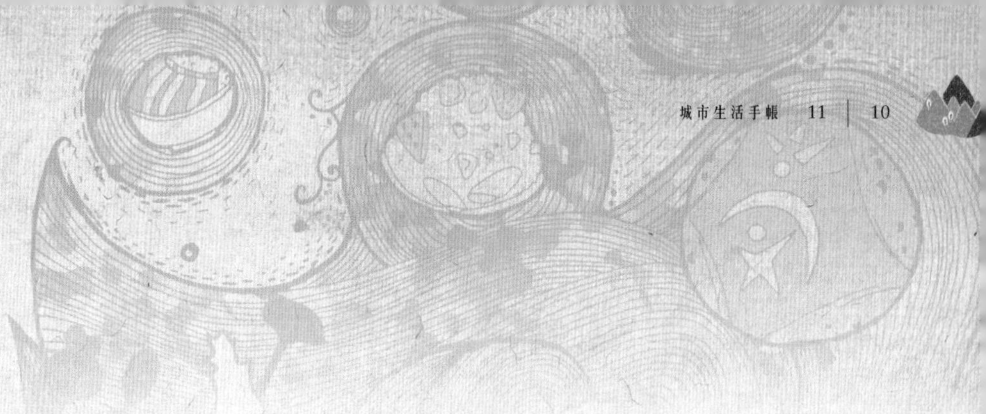

作家寫作者

戰鬥力破表的文字衝鋒者——徐嘉澤

郭漢辰

在這次為大高雄基層勾勒風貌的作者群來說，徐嘉澤算是六年級後半段的後起之秀。短短這幾年，嘉澤已奪下各大文學獎的首獎，文類還跨越短篇小說、散文、長篇小說以及電影小說故事，所累積的豐沛創作量，戰鬥力破表飆升。

還記得第一次認識嘉澤，是在一個地方文學徵獎的評審上，讀到他的作品。他行文流暢，意象飽滿，內容深刻描繪基層生活。那時我心裡就感受到他文字的力量，文壇可能又有一顆星星要升起。評審過後，公布得獎者名單，這時他的名字，當時對我來說，可能只 是一個簡單不過的符號。

後來，在文學獎的頒獎典禮上，我見到他本人，他理了個小平頭，還染了金髮，對他年輕的造型頗為驚訝。印象裡，那次也只有點點頭，沒有機會聊太多，只覺得他稍為沉默寡言，但看得出他內心裡的文字創造力，已如同火山噴發，萬馬奔騰。

日後在報紙上看到他獲得首獎的作品，還有開始出書的消息，他的名字變成一個更有意義的象徵，代表一個來自地方，努力在文字田裡耕耘創作，表達自己的年輕文字工作者。原來文字如同魔法般，能夠帶給一個人這麼大的蛻變，讓嘉澤及作品變得如此有生命力。

這次嘉澤以手帳式的景點隨筆，記錄下他最再也熟悉不過的高雄，描繪出他自己的生活樣態，和大高雄的風情萬種。他帶領我們穿走在港都的街頭巷尾，逐一發掘大高雄正在沉寂，以及正在熱鬧的繁華種種，把眾人和自己，都寫進這座專屬高雄的文字之城……

作者序

平凡中的不平凡

徐嘉澤

手帳，日文中為筆記本的意思，就是隨意紀錄所看到、吃過、去過、經歷過的事物，此書寫內容以書寫者為中心，輻射出去呈現出高雄不同的生活樣貌和歷史變遷，用一個在地生活者的眼光來看自身居住的城市，這高雄是我的高雄、雙親生活的高雄、鄰人所在的高雄、當地人生活或觀光客玩樂所接觸的高雄，我的高雄也是大家的高雄。「我」本身對應得正是這城市中眾多的「他者」。

每個人的腦海裡有各自一幅城市地圖，同個城市裡的人也有不同的城市風貌，或許我們在同家小店咖啡但會在不同餐廳用餐，或許我們會順著愛河遊蕩只是一個往南一個往北，那些地景之所以成為地景，正是因為許多人聚集並創造出共同回憶，每個人理當有一張自己的城市地圖。我藉著手帳式的景點隨筆，記錄下居住且熟悉的高雄，描繪出一部分的私密和一部分的大眾，發掘出什麼正沉寂什麼正熱鬧，將日復一日的無聊生活，翻轉出樂趣和不凡，織寫出一幅當代高雄的樣貌。

我試著讓讀者可以多了解我所居住三十多年的高雄，並且讀者也可以藉由這種「生活手帳」模式，書寫下自己所在的城市，替自己的生活做最簡單的紀錄，為平凡生活帶來不平凡的樂趣。

作者簡介

徐嘉澤，一九七七年生，高雄人。作品曾獲時報文學獎短篇小說首獎、聯合報文學獎散文首獎、九歌兩百萬長篇小說徵文評審獎、BenQ華文電影小說首獎、高雄文學創作補助、國藝會出版補助等。著有《窺》、《詐騙家族》、《類戀人》、《不熄燈的房》、《孫行者，你行不行？》、《下一個天亮》、《秘河》、《他城紀》等。

一個城市哪裡正興起也有哪裡漸沒落。

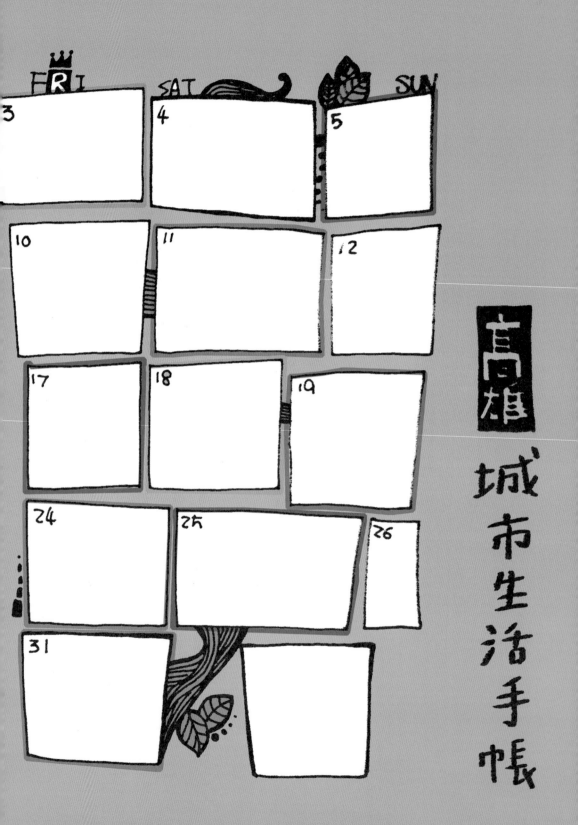

FRI	SAT	SUN
3	4	5
10	11	12
17	18	19
24	25	26
31		

MON	TUE	WED	THU
		1	2
6	7	8	9
13	14	15	16
20	21	22	23
27	28	29	30

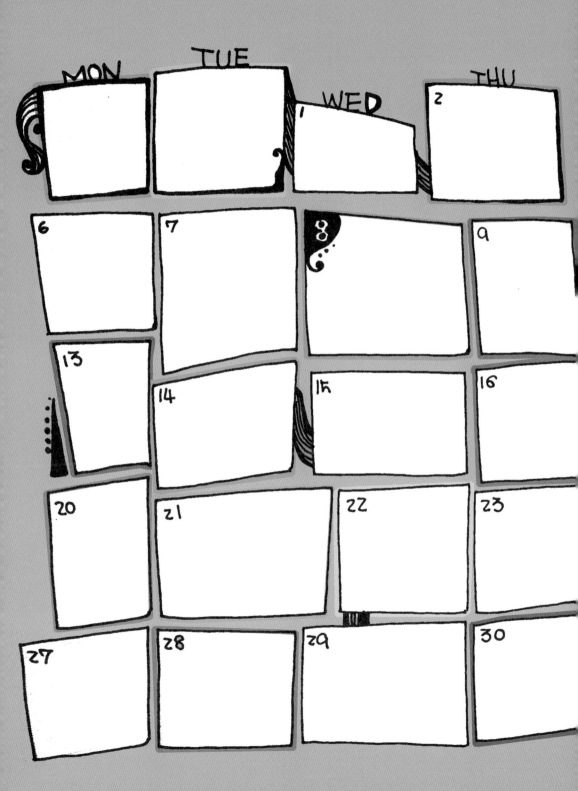

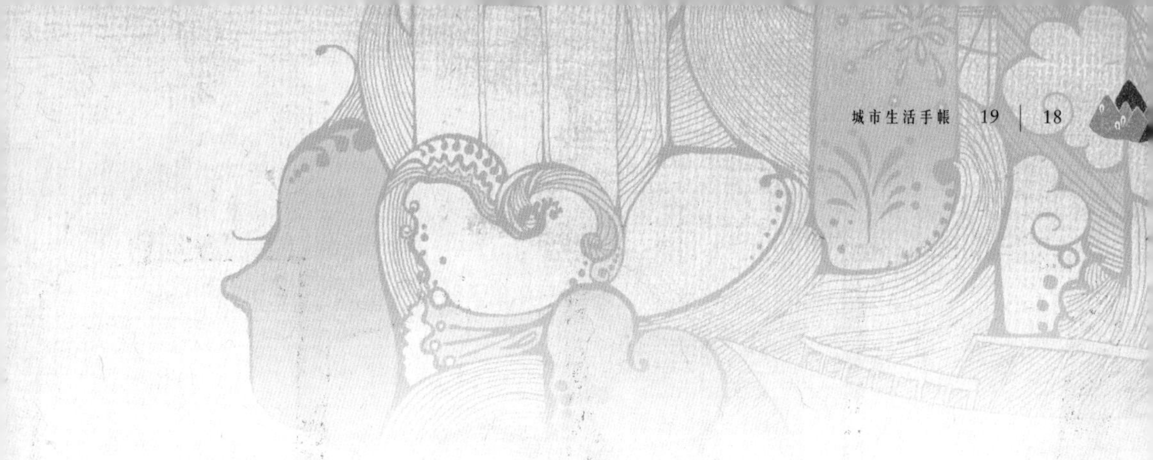

分開旅行

二〇〇三年劉若英發行《我的失敗與偉大》專輯，《原來你也在這裡》一歌中，新疆如仙境般的風景把ＭＶ點綴的如夢似幻，歌詞中藏著張愛玲的箴言，只聽開頭奶茶緩緩唱著：「請允許我塵埃落定，用沉默埋葬了過去」，彷彿決意斷絕過去；另一首《分開旅行》中大量用了歌劇《Lakme》中的花之二重唱（Flower Duet），戴愛玲女高音吟唱出大荒漠地寂寥感，隨後男女對唱出彼此對愛情的不同看法，男聲唱著：「懷疑愛，是可怕的武器，謀殺了愛情，我在這裡，本來是晴朗好天氣。」女聲隨之唱道：「計劃是分開旅行啊，為何像結局，我明白，躺在你的懷裡卻不一定在你心裡，巴黎下了一整天雨。」藉著天氣，說明情人間因彼此的牽動而影響情緒。

親愛的Ｍ，你不會知道我偷偷把這兩首歌和你的身影重疊起來，彼時我結束一段舊感情和你投入一場新戀情，你我像新婚小夫妻窩居十四樓，兩人共擠在小沙發上也沉溺在愛，當我們不管任何時刻擁吻、對視、談話，電視也狂力主打這兩首歌，我愛上這兩首歌卻又害怕歌詞中的字句，彷彿要將我們從幸福草原逼退到不幸懸崖。

我討厭情歌，情歌總是太傷人，他們說歌曲字句裡藏著療傷的力量，可以讓失戀者、傷心人從歌裡獲得新生的勇氣，但那些歌之於我卻像是黑洞，讓我整個人被吸附進去無法自拔。

夢時代摩天輪。

那段時間渴望改變自己，迎接新的生活。我決定拋棄掉那呆板定調的自己，要追求轟轟烈烈的愛，你帶來的一切都充滿新奇，我進到一個不同以往的樣貌，跑剛在高雄開幕的COSTCO，入購大量的美式食物；雅痞生活般的穿著名牌衣物、用知名洗髮乳、沐浴精外加喝進口礦泉水或是低卡可樂；參加時尚健身房，邁向另一個社交圈；跑小咖啡店或特色餐館把生活點綴得更加豐富。

我複製你的生活模式，卻無法給予你愛情承諾，你說愛就該有個名分，但我怕才剛結束長達五年的感情就要和你交往會讓兩人都背上罵名，而左躲右藏，我說「給我時間想想」，你答「等你想好時，我可能已經不在了」。最後，我仍沒想通只成功把自己藏好，你卻消失了。

M，你帶我認識世界，教我學會享樂，也讓我進到蔡明亮和楚浮的電影世界。畫面正中央擺置著巨大的摩天輪印象刻印在我腦海，那是蔡導在二〇〇二年的作品《你那邊幾點》，男女主角初識在台北車站前天橋，短短一面卻讓男主角長長思念，想著女主角遠去的巴黎該是什麼模樣，而女主角在幻想中的巴黎嘗到寂寥的苦頭，最後一幕逝者背身走向虛幻華麗的摩天輪。當時高雄舉辦楚浮電影展，你邀我共看《四百擊》和《夏日之戀》，並且說明蔡導在《你那邊幾點》中藏著的關於《四百擊》的秘密。之後我們又看蔡導其他電影，還有許多其他。

巴黎杜樂麗花園裡的摩天輪。

我說說後來你離開的事。

二〇〇四年八月，你離開後的半年，我和W前往法國，我依舊害怕給承諾，只是理由已經不同了，我想著我們有沒有可能重新來過，或許有一天你會再回頭，我想我準備好回答你了。W待我很好，在巴黎我們沒有目的地，唯一確定前往的就是電影中的摩天輪，那位於巴黎市中心的杜樂麗花園，就在羅浮宮和協和廣場間，花園很大，我挑了如電影中女主角所坐的位置，看著一旁的摩天輪和倒映在水池裡的摩天輪倒影。我離它很近，卻離你很遠了，我來到你渴望前往卻無法去的所在，我總算早你一步到達也早你一步離開。

一年後W也離開了。

之後，我認識一個跟我一樣對愛不給承諾的人，我總算了解當初自己是怎麼傷害別人的，只是那時我明白愛的快樂和痛苦都是自找的，唯有離開才能雲淡風清，就如同你們做的一般，這次換我先走。

再之後，我認識一些人，一些人離開我，我離開一些人，每一次與他人的相遇就像《原來你也在這裡》，每一次的分開就像《分開旅行》。

二〇〇五年蔡明亮的新作《天邊一朵雲》上映，以歌舞場景、以ＡＶ女優、以最後一幕的口交鏡頭製造話題性，引發了觀影討論，蔡導畫面中的高雄竟是那麼熟悉的場所。河堤公園，劇中男女主角繼《你那邊幾點》多年後重逢的地點，過去我們周末偶來公園一旁的「貝果貝果之東西廚房」悠閒度過早餐，或是選擇另一岸的「帕莎蒂娜」下午茶，之後再沿著公園走上好長好長的一段路。而男女主角顛鸞倒鳳，手持鮮紅豔綠西瓜傘在左營蓮池潭龍虎塔歌舞，頗有卓別林笑點。

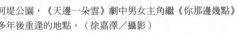

河堤公園，《天邊一朵雲》劇中男女主角繼《你那邊幾點》多年後重逢的地點。（徐嘉澤／攝影）

二〇〇七年蔡明亮御用演員李康生推出第二部導演作品《幫幫我愛神》，以社會邊緣人探討性、毒品與都市人寂寥間的關係，檳榔西施、６９式性愛姿勢、大麻、同性戀等話題性不亞於《天邊一朵雲》。此片同樣在高雄取景，像是夢時代的摩天輪、愛河、連接真愛碼頭和光榮碼

自來水公園裏的水塔。

頭的西臨港線跨河鐵橋、六合夜市的蛇肉攤。還有五福路文化中心旁的自來水公園，李康生在片中裸身背對著鏡頭，那巨大的水塔在夜裡像極了深海底下的藍色水母，盛著月光隱隱發亮。

這些電影畫面的城市意象，讓我想到過去觀影所受到的影響，遠方的國度裡是不是也有人在看過蔡明亮的《天邊一朵雲》或是李康生的《幫幫我愛神》後，對這城市產生了興趣，願意追求電影所帶來的感動而到此地朝聖，我想是肯定的，就如同我們看王家衛的《春光乍洩》，對阿根廷的布宜諾斯艾利斯就充滿想像，甚至多年後我想著你會不會如劇中何寶榮般再度出現對我說著：「讓我們重新開始吧！」。

親愛的Ｍ，十年已過，我們都變成另一個樣子，當初的哪首《分開旅行》應證了那一場愛情結果，你在紐約我在高雄，各處兩個城市，或許我們在彼此人生中繼續看蔡明亮、看王家衛、聽劉若英，但，此生不會有見面的可能。我僅能以我所知的一切，記錄你所不知道的，關於高雄的改變。

格鬥人生

我的格鬥人生始於國中，好友和我結束補習班課程後帶我前往電玩店，那時正是快打旋風剛風靡的時候，好友不顧情誼，拿我這個肉腳練功，雙方投下金錢，不用三兩下就被對方以猛烈招式給ＫＯ。那時我初出江湖，一點功夫也不會，螢幕裡頭的人物大叫一聲而倒地，我的心也跟著淌血。

從小個性好勝不服輸，於是趁著一人空檔，自己溜去電玩店看其他人遊戲，像躲在一旁看武林高手過招，我偷偷暗記那些流程和招式，等那些高手散去，一人佔據機台如法炮製，將那些招式如行雲流水一一推展開來。再隔周及後來，好友再也沒贏過我。

此後我的求學人生，除了課本之外就是電玩，無論是誰家父母定都認為電玩是壞事，母親也為此告誡過我，小時除了好勝之外就是好辯。「反正功課顧好就好了，打電玩只是消遣。」輕鬆一句話加上課業始終能維持中等就化掉母親施在我身上的壓力和攻擊，從此走上我理所當然的格鬥人生。

格鬥遊戲好玩之處在於與不同的人切磋較勁，有時比得是功夫高低，若是功夫差不多比得就是心計，雖然電玩裡的人物被K，自己無傷也不痛不癢，但輸了遊戲多少輸了面子，有時不免氣憤。遊戲的好處就是你隨時可以投錢再來一次，人生可沒那麼多再來一次的好康，連「再來一罐」、「再來一支」都是奢求。

有時遊戲也會讓人擦槍走火，某一年的格鬥征戰，我冷不防被身旁的敵手給真人來了一拳，眼冒金星而眼鏡碎裂，去醫院在眼角縫了幾針。母親落井下石：「就跟你說不要出入那些不良場所。」這會我可什麼話都說不出來了。不過格鬥人生也沒因此而減少，只是更學習到一個小小電玩哲學，「有時贏是輸，輸是贏。」這種態度放到待人接物上也沒什麼差錯，贏多時總要假裝輸一點，這樣說起來真正的賭徒心態應當也是如此，小贏不輸避免惹禍上身。

高中我就讀省立鳳山高中，當時算是高雄第三志願，國中成績我始終中等程度，每次模擬考結束落點總在D或E區（就是預測聯考成績應當是第四或第五志願），大概母親平常有認真拜佛緣故，讓我成了黑馬一路殺進第三志願，跌破老師同學眼鏡，也因此讓我在家中也稍微抬得起頭（就怪我兩位姊姊成績優異讓資質駑鈍的我常備感壓力）。

進到高中我發誓要認真向學，將來能穩扎穩打進到好大學，每天六點出門到校、晚上自習到九點十點後才返家，唯一戒不了的依舊是格鬥遊戲，常常把母親給我的餐費變換成遊戲的資金，晚餐時少吃一點，結束後就與高中同學到鄰近的電玩店家練拳練腳，舒展心中的壓力。那時我早非昔日阿蒙，兩手操縱機台人物如用絲線操控人偶，出拳踢腳都是狠招，加上日日練習，幾乎所有大型格鬥機台如「快打旋風」、「龍虎拳」、「餓狼傳說」、「侍魂」、「格鬥天王」我都上手，隨著武藝越精進，我的身體越消瘦，母親還擔心我讀書過勞而常常為我進補。

民國八十五年周人蔘電玩賭博弊案爆發，全台從北到南開始掃蕩賭博性電玩和一般的電玩場所，要求所有大小遊藝場所均要有執照才能營業，那些陪我一路到大學的電玩店一一被迫收攤，當時順利擺脫大學聯考的束縛進到高雄師範大學就讀，只是那一派與自己練功的同伴均各分

K.O.
COMBO
57
SUPER!
K.O.

格鬥人生。

南北西東去了。考過機車駕照後，像是完成武藝出師下山，在高雄僅存的幾間電玩店來去，此後到各路江湖試試拳腳功夫。彼時高雄玉竹商圈旁有一NOVA大樓，在燒毀的舊大統百貨旁，樓上有SEGE WORLD，由於各小電玩店面遭抄家，所以各路好手集中於此，幾乎每逢周末就是華山論劍大廝殺時刻，等待對戰的人數眾多需要排隊，大家按照順序投下代幣，也多有默契，各使眼色就知道下個挑戰的人是誰，完全亂中有序。圍在一旁吆喝觀看的人潮更多，層層人浪，當時SEGE WORLD電玩螢幕像小片牆，就算站得遠也看得清。

有時也會轉戰到高雄火車站前的電玩店，電玩江湖裡來去的人見到面總有份親切感，大家多曾在各比武擂台切磋過，有多少功夫也彼此了然於心，見了面再戰，多是看對方武藝是否有所精進還是自己招式更加出神入化，高手來高手去，我們滿足於現狀，一個被現實政策所逼退的電玩江湖，窩居小小角落死守著電玩機台，彼此以電玩上的格鬥代替現實版的「鬥陣俱樂部」。

但最終殺了電玩的還是電玩，新一代媒體的發展，網路迅速蔓延開來許多人開始投身更有聲光效果的網路遊戲，「天堂」、「龍族」、「暗黑破壞神」、「金庸群俠傳」、「石器時代」將實體電玩店摧毀，多數玩家轉戰網路，沒有人潮的電玩店一間收過一間，此後江湖不再，武林絕學逐漸失傳。

我也一度化身網路人物深入探險，網路遊戲故事龐大，況且所有支線脈絡如人體血管一樣複雜，主線之外還有分支，若延續下去玩個百年都沒問題，但人總是喜新厭舊，新的網路遊戲功能更強、操作更簡便、畫面更華麗，人們就放棄原本遊戲的腳色轉戰另一時空創造另一腳色，投身進去另一個世界。

不斷的轉戰，那些人物也不斷的被殺死在舊的世界之中，玩家成了創物者也成了滅物者。近兩年，網路遊戲也漸式微，因為智慧手機的發展，人手一機加上網路普及，所有遊戲只要一機在手歡樂無窮。動畫電影「無敵破壞王」揭示的正是這樣的現象，新科技不斷，再熱門的遊戲終有被淘汰的時刻。

當我懷念格鬥人生，習慣到一心路近大遠百的湯姆熊玩格鬥天王，偶爾會見到過去的戰友，彼此寒暄也切磋技術，看看彼此到底退步了多少，「下次見。」我們總這麼說，但下次什麼時候能見到面誰也沒把握。

那個曾屬於我們的江湖早已散了。

湯姆熊歡樂世界。

這些曾經居住過這裡的人們，
是否也會懷念這他們曾經居住過的地方？

眷村風華

每個城市都是朵花，自有它的周期，沒人能保證其生命年限該有多久，繁華的、沒落的、新興的、逝去的，就成為眾人口中的點滴故事。過去的傳說要經過口、經過腳、經過手、經過人、經過時間來說，現在的媒介只消喀擦一聲，藉由電腦、手機快速上傳，一枚城市新的印記就油然產生。

不免俗的，我也在臉書上換了一張以天使翅膀為插畫背景的新照，照片裡的我將牆上的翅膀和光環安置成背景，雙手左右拉弓狀，朋友問：「要射在哪？」

「你的心。」我開玩笑說著。

傳聞左營有個眷村，裡頭有許多塗鴉，和Ｄ選在二〇一一年某風和日麗一天來到海青工商對面小巷，順著人潮排著燒餅做為美好一天的開始，一般燒餅夾油條的戲碼顯然無法被滿足，這間「海青王家燒餅店」夾蛋、夾菜之外還有夾高雄名產黑輪，裡頭配菜有酸黃瓜、榨菜、酸菜、豆乾、竹筍和菜脯，每一口咬下都是大大的滿足。初到此，就被長長的排隊人龍給震攝，不知道是被攤位美食給吸引而來，還是因為觀賞塗鴉順道嘗嘗，不管如何，只要吃過一次絕對忘不了那多層次口感和味道。小巷內陸續竄出或湧進遊客，像按圖索驥像尋寶，一些人滿足離開一些人正如我們才剛來到，而這燒餅店就是起點。

D說這自助新村在二〇一一年六月就要拆除，走進小市場內還是有人營業，但四處牆面及地上有著各樣塗鴉，牆上貼著這名為「眷村裡迷路」的圓夢計劃，創意者為鍾慧蓉和黃馨瑩因為誤打誤撞進這眷村，而在二〇一〇年開始進行彩繪活動。一篇報導中指出申請圓夢計劃時審查員詢問：「這裡遲早要拆，你們畫再多有什麼用？」而兩人答案為「希望藉由彩繪，吸引外地人走進眷村，認識一般人印象中破敗殘缺的眷村樣貌，更希望曾住在眷村的居民，能在眷村消失前，找回兒時記憶。」這個

海清王家燒餅店。（徐嘉澤／攝影）

計劃對我來說是成功的，至少在這之前我沒有真切地走進任何一區眷村內閒晃過，不知道原來眷村內的巷弄是這麼模樣，原來眷村內的屋門磚瓦是這種風味，原來眷村內還有這麼一些人。

一踏進自助新村不免讓人聯想到台中干城六村的「彩虹眷村」，一名當地居民黃永阜以極為誇張的色彩和塗鴉將整個眷村畫滿童趣的圖案而聲名大噪，同樣經過網路的渲染而吸引大批遊客，也引起沸沸揚揚的討論。如果不是這些塗鴉不會有太多人關心干城六村也不會有人在這自助新村流連，大多數的人也不知道眷村風貌原來是這個樣子。那麼這就是一個力量，這力量或許不會改變眷村被拆除的結果，卻會讓人經過照片、經過自己的腳和眼還有經過許多網路上許多流轉的圖片和文字來見證這眷村曾經擁有過的風華，以及不同的人附加給它的新風貌。

創意者為鍾慧蓉和黃馨瑩因為誤打誤撞進這眷村，而在2010年開始進行彩繪活動。

眷村內的塗鴉。（徐嘉澤／攝影）

我和Ｄ穿梭在眷村內的小小走道內到處取景拍攝，有牆上以鮮黃背景畫出一顆以愛心為葉片的樹，有以粉紅為背景畫著陽傘和蜥蜴，還有彷如幾米畫作中才會出現的大大兔子插畫印在牆上，畫上小小的門讓人想化成愛麗絲縮小身子，進去一探究竟。

大學時到台北總會和居住在台北的同學到鄭州路、塔城街那一帶大飽口福，小小巷子裡擠滿了許多家牛肉麵店家以及十元果汁店，全都以物美價廉吸引大批大批的人潮來此，每家店面桌上的榨菜、牛辣油不怕客人取用，不管什麼時候上桌，桌上那些瓶瓶罐罐總是滿滿的。尤其大碗的牛肉麵更可比臉盆，跟高雄「海之冰」的巨無霸冰品有得一較長短。二〇〇九年鐵路局收回這區宿舍用地，大刀起落，就跟其他歷史場所一樣，這眷村文化就在此地劃下句點，徒留老照片可以見證過去的風華。

左營自助新村入口。

走到眷村外圍，看到一整排的屋子敞著大門，像廢棄的鬼屋。

原本自助新村據說要在二〇一一年六月拆遷，大概是安排原住戶到新大樓等手續過程繁複加上眷村人口眾多，一部分的人被遷移到新大樓，一部分的人還在這等待，一再延宕，也讓這塗鴉繪圖得以繼續保留到二〇一三年。左營的自助新村是左營眷村中成立最早的眷村，就算如此也經不起國軍採用「國軍老舊眷村改建條例」，美其名是「為加速更新國軍老舊眷村，提高土地使用經濟效益，興建住宅照顧原眷戶、中低收入戶及志願役現役軍（士）官、兵，保存眷村文化，協助地方政府取得公共設施用地，並改善都市景觀」，但卻忽略了真正的眷村文化正是因為有人成眷、有屋成村，雖然國軍妥善照顧眷村裡的住戶，但「眷村文化」就像逐漸滅絕的稀有動物般逐年減少，並未獲得真正的保存。

二〇一三年四月我和Ｄ又再訪，裡頭的塗鴉和擺設有的依舊，有的已損毀，但也有新的塗鴉加入這眷村之中，唯一和過去不同的是，眷村內的住戶均已搬遷，猜想補償辦法和遷移手續應全數完成。走到眷村外圍，看到一整排的屋子敞著大門，像廢棄的鬼屋，我好奇走了進去，裡頭發出濃厚的霉味，但屋子很深，像是過去的老派屋子一樣，從前門走到後門總是要走上好長的距離。抬頭看天花板已經崩塌，陽光曬不進這麼深的屋子，牆壁起了壁癌，老式鐵窗堅守崗位避免宵小進入，但大門卻不盡責地敞開讓我闖入。D在外頭等待，他怕屋內沒有人氣所以不潔，繞了一圈我走出屋外，陽光依舊。這一趟旅行結束了，這些曾經居住過這裡的人們，是否也會懷念這他們曾經居住過的地方？等下次他們或我們再訪時，這裡會變成什麼模樣？蓋起停車場？新大樓？綠地公園？還是空無一物任由雜草叢生的空地？

或許城市角落裡的這朵花正頹疲枯去，這片眷村風景確實已經穩穩地射向我（們）的心了，而記憶的果實已然種在許多人的心中，一陣風過去，總有落地生根的可能。

等下次他們或我們再訪時，這裡會變成什麼模樣？蓋起停車場？新大樓？綠地公園？還是空無一物任由雜草叢生的空地？

備註：如果想嘗嘗海青王家燒餅滋味，就請移駕到左營大路2—43號。

眷村內的塗鴉。（徐嘉澤／攝影）

傳聞左營有個眷村，裡頭有許多塗鴉……（徐嘉澤／攝影）

這些曾經居住過這裡的人們，是否也會懷念這他們
曾經居住過的地方？

等下次他們或我們再訪時，這裡會變成什麼模樣呢？

健身工程

如果可以把身體當成巨型建築物的改建工程，只要敲敲打打、東補西補就能打造出完美體型那該有多好，各樣美好廣告充斥，服用這個藥物、使用這個束腹、你一定不能錯過這套食譜、雷射溶脂、水刀抽脂、不開刀保證瘦……總之我們活在一個靠想像就可以完成一切的年代。

只是那些道具到了我們手上卻無效化，不知道是我們脂肪太頑劣還是這工程隱藏著機關，需要觸控正確按鈕才能啟動，亦或者我們只是冤大頭，所有美夢經不起現實的針來搓破。腦袋與時進化，開始朝健康飲食以及運動健身邁進，這是條不歸路，踏上就沒得回頭，否則只能往胖裡往醜裡沉淪。

於是天天鍛鍊成了我們共通目標，那些美侖美奐的健身場域，創造出休閒空間擺脫傳統健身房的冰冷感，而營造出流行時尚感，這裡不僅僅是運動場合也是社交場所。雖然無須華服，但一身行頭還是必須，那些運動名牌堆砌出我們身價，所有細節不能放過，甚至不小心露出的內褲頭都藏有玄機，運動場所也成了另類的時尚場合。

健身房風潮近年盛行，二〇〇七年連鎖的亞歷山大健身心中無預警倒閉，讓全省許多人成為健身孤兒，於是一波接一波的健身工坊搶進市場，光是高雄著名健身中心就有「世界」（三多店、夢時代店）、「健身工場」（博愛、九如、三多、五福、鳳山五分店）、「伊士邦」（高雄SOGO館、高雄巨蛋館）……健身大餅一下又被瓜分殆盡。

新時代的健身中心標榜複合性課程，有重量訓練區、課程專區（又細分飛輪、瑜珈、有氧）、拳擊訓練區、游泳區、蒸氣室烤箱……那是個應有盡有的場所，一次滿足所有人對於運動的想望。那些健身中心永遠佇立在市區最熱鬧和最搶眼的位置，每每經過總會透過透明玻璃看著那些在跑

新式健身房常處在市中心位置。

步機上使勁奮力跑著的人們，像是隔著巨型籠子觀看圓型滾輪上跑著的小倉鼠們。巨型健身場所像是最漂亮最吸引人的大蛋糕，裡頭有最舒適的冷氣、最熱門的音樂、最嶄新的器材，吸引著路過如小螞蟻的我們進去參觀或是報名。

「脂肪是敵人。」我們喊，但我們都曉得更大的敵人是自己，脂肪不會經過化學反應變肌肉，不是像裝潢工程，將磁磚貼鋪上即可，而是先消滅脂肪再重建肌肉，就像將大屋徹底摧毀又重建般。若肥胖不是一日造成，那麼瘦身也是。怎麼美麗與健康兼具成了現代人共同努力目標。制定進度，日復一日，為見到新世界的榮華建築而努力，人人把自己當成高樓101般的修繕或建構，只為了多那麼一點點讓人注目的眼光。

運動是這麼一回事，你習慣它就一直存在，一旦鬆懈就離它越來越遠，直到快萬劫不復才又驚醒，重來一次，人生就在此反反覆覆，從小小運動就能看到大大人生道理。

我與跑步機分別好一陣子，捏捏自己小肥肚才再度想到它的好，還是決定重回它的懷抱，順便和纏人的肥胖徹底說再見，希望此後可以斷得一乾二淨。但總不那麼習慣，不知從哪裡看來的資料，有人對太空人做研究，將他們上下倒置習慣外太空無重力狀態，研究發現，一個後，太空人可以在倒立狀態下清楚辨別周遭環境，但在這三十天以內，只要有某一天停止倒立練習，再回到倒立的狀態，就又要另外再花三十天才能在倒立下清楚辨別環境。

三十天才能養成習慣，只要間斷就又要另一個三十天適應起。

力邁斯健身房內部。（徐嘉澤／攝影）

心中認清事實後才能平心接受，跑步一開始總是讓人難熬，全心全力應付一件事情對我來說實在傷神也無法持久，尤其要時刻與它一起，只能原地跑著不能下，沿途風景只有一種模樣，就算知道它很好，還是會生膩。尤其要連續習慣三十天後還有無數個三十天要忍受，就像愛情中的天長地久沒有終點。

健身房內所有跑步機前配備一台電視，現代有線電視頻道那麼多，除了停電之外，頻道永遠在。轉開電視，螢幕裡開始別人的故事、別人的人生，我喜歡電影，它不像跑步這樣單調，給人很大的樂趣。但情緒隨電影劇情時高時低的，也會讓人不舒服，尤其健身房內一排跑步機總有許多人同時進行著，看著電影過度大笑或紅了眼眶都會惹人側目，況且電影這東西如果天天耗個兩小時與它奮鬥，有天我一定會腦衰弱。

想想還是跑步好，單調歸單調但對身體好。

又想想還是電影好，狠狠地要人體會什麼是高潮迭起。

兩個都好也都不好，套句電影《食神》裡所說的：「參在一起做成撒尿牛丸就好了啊！」

這人生哲學不管套到哪都一樣好用。

力邁斯健身中心。（徐嘉澤／攝影）

備註：我跑傳統健身房，這間力邁斯健身房位於保泰路三五五號，沒有華麗佈景，但可以拿來敲打出完美身形的工具還是有的，就是這些器材，期待有天我也能成為101。

況且跑步像主食，電影像佐菜，只是搭配主食食用，總沒人為了搭配電視而在跑步機上整整待了兩個小時還不下來。

這城市也像個歷經健身過程而蛻變的小巨人，偶爾朋友來探訪高雄，我習慣帶他們走訪幾個著名景點如城市光廊、愛河、駁二特區、碼頭區、西子灣和旗津……等地，他們總驚訝高雄和他們印象中大不相同，尤其高雄越夜越熱鬧，城市光廊內發著不同燈光的玻璃平台、大立精品百貨外體持續變化的光牆、像兩龍盤踞夜晚發著黃光的愛河之心、中正橋上的海之眼，發著七色光彩的光之塔……過去的高雄總給人灰灰暗暗的感覺，如今卻像個發光體，引人注目。

城市裡的人們個個也以成為發光體而努力著，如果嫌運動健身太慢，那麼坊間有種叫做脂肪精雕的醫美技術，經過手術讓人快速有胸肌有腹肌，瞬間成為頂天立地的好男兒。

像兩龍盤踞夜晚發著黃光的愛河之心。（鮑忠輝／攝影）

蝴蝶陷阱

我也有過綠手指的年代，那時為了招蝶，在公寓頂樓種植各樣蜜源植物和食草植物，希望哪日蝴蝶能魔幻寫實般成群如候鳥來襲。都市裡能吸引的蝶種不多，最常見的一類是食柑橘屬的無尾鳳蝶、玉帶鳳蝶，一類是食馬利筋或風船唐棉的樺斑蝶，如運氣好樟樹可招來青帶鳳蝶、玉蘭花和含笑花可引來綠斑鳳蝶或是青斑鳳蝶、番薯葉不僅可喚來琉球紫蛺蝶，也可將番薯葉入料理，摸蛤兼洗褲。

我如新手爸爸辛苦照料頂樓盆栽，日夜悉心照顧，盼有蝴蝶覓得這世外桃源，約莫幾個月後，那些植栽枝葉茂盛，夏風襲來之際，一日我在葉面上發現細小咬痕，翻至葉背，果然有黑白體色毛蟲醜陋模樣，檢查其他葉面亦有不少尖頭蛋型黃色的卵黏附著，頗有大軍壓境之姿。

幾天後，頂樓上全數的馬利筋枝葉上都有樺斑蝶幼蟲大膽進食，彷佛是牠們免費的自助餐飲區。那幾日，我看著那些毛蟲迅速從一齡化身為二齡三齡幼蟲，書上曾寫蝴蝶產卵會考慮食草多寡而產下多寡不同的卵量。但顯然這人工建成的樂園，一下湧進太多外來毛蟲移民，牠們同時大量進食的結果，就是讓這一大片馬利筋在短短兩周以內已經從即將開花模樣，到只剩綠色枝幹，有如將綠蘆筍插入土中的寒酸樣貌。

儘管如此，一些還來不及化蛹的幼蟲，仍竭力在馬利筋的枝條上啃噬著，被過度咬損的馬利筋來不及長出葉子進行光合作用便宣告不治，樺斑蝶幼蟲見沒食草可啃，隨即放棄，而提早化蛹，蛹的大小比其他取得先機的蝶蛹小了不少，像是發育不良的孩子。

經過這一次的食草栽種，我與D分享心得，經過樺斑蝶肆虐的馬利筋仿如蝗蟲過境的稻田，而造成生態性的不平衡。我問D如果是他會如何處理這些狀態，是贊成消滅掉部分幼蟲、還是贊成以人工飼養取代。D對蝴蝶有興

馬利筋。（徐嘉澤／攝影）

趣且身為生物老師頗富科學家精神，於是將樣本分成兩組來進行實驗，消滅為Ａ組、人工飼養為Ｂ組，Ａ、Ｂ組各備有五株馬利筋食草。

在Ｄ的認真實驗之下認為每株二十公分高的食草最多能負荷七隻樺斑蝶的生長數量，Ａ組每株馬利筋上超過的幼蟲數量則幫牠們誦經超度；至於Ｂ組先將所有幼蟲收集到盒內，為了讓植物能正常行光合作用及生長，於是從老葉先採讓幼蟲食用，後來入不敷出，只好採集新鮮葉子，再來食草告急情況之下，Ｄ連枯落在地上的葉子都撿來餵食，最後為了保全所有幼蟲Ｄ也開始動起枝幹的腦筋。相對的，人工飼養的幼蟲感受到斷炊的危機，許多小不點毛蟲同時進入前蛹期準備化蛹來逃過缺少食物的困境，沒有感應缺糧危機來臨的最終也只有死亡一途。

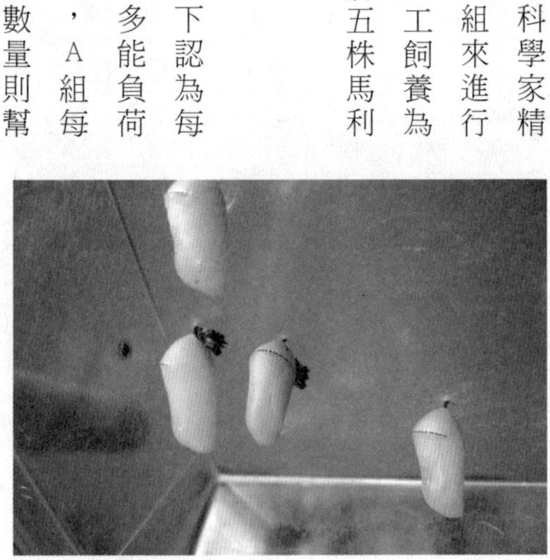

樺斑蝶的蝶蛹。（徐嘉澤／攝影）

和Ｄ討論，結論是一棵食草上可以承載的數量有限，因為資源就是這麼多，沒辦法過度消耗，人工飼養的幼蟲少了天敵且供應的食草數量還必須源源不絕才能避免牠們死亡。

近年來，國內有一種新興的觀光產業，就是建造一座美輪美奐的蝴蝶園，園區以人工鋼筋架構，外頭鋪著一層細小而雪白的網子避免天敵的進入，裡頭種植著各式各樣的蝴蝶食草，並且從野地捕來一些蝶種放置園區裡頭，讓來訪的遊客可以看見翩翩蝴蝶，園區外布置生態區，昆蟲箱內放置食草和幼蟲，讓遊客可以近距離觀察到幼蟲模樣和蛹型、顏色。

高雄左營金獅湖蝴蝶園一九九九年開館，甫成立之際我就與Ｄ常去參觀，剛開始只有陽春的百坪，辦公室旁就是簡陋的臨時網室區，裡面擺滿了許多蝴蝶幼蟲，後來增建蝴蝶網室到二百五十坪。二〇〇七年完成第二個網室，面積已闊達一千多坪。到了二〇一〇年增設標本館和解說中心。如今，蝴蝶園區看起來有聲有色，但要如何讓園區內一年四季都有蝴蝶駐足則是最大的問題。這一類型的蝴蝶園眾多，一開始蝶源不夠，需要到野地捕抓或是跟商人購買成蝶到園區內「野放」，園區

金獅湖蝴蝶園區內的樺斑蝶和馬利筋。（徐嘉澤／攝影）

美麗的蝴蝶園區背後藏著許多的秘密。（徐嘉澤／攝影）

內外則大量種植各式食草以備不時之需，但根據經驗，只要有樺斑蝶或是紅紋鳳蝶、黃裳鳳蝶、大紅紋鳳蝶等養殖的蝴蝶園，常常會因為經驗不足而慘遭「滅園」，成立蝴蝶園的成效是顯而易見，彩蝶在園區內來去，遊客驚呼聲連連，卻忘了隱藏在美麗背後的生態浩劫。

好比樺斑蝶會大量無節制的繁衍，而導致有多少食草都無法收拾，D實驗僅是第一代的成蟲，如果成功羽化的樺斑蝶成功交配之下再度造臨，那麼需要的食草就要以十倍甚或二十倍的食草數量來應付，當第三代來臨之下，已經不是一般蝴蝶園所能負擔的食草份量。而紅紋鳳蝶、黃裳鳳蝶和大紅紋鳳蝶則有共通的特點，就是四齡幼蟲在化蛹之前，為了維護自己的安全，所以會將食草進行環狀剝皮，而導致食草馬兜鈴類的死亡枯黃，而牠們就化成一顆顆枯黃模樣，像忍者隱身其中，如果此類幼蟲沒有進行人工養殖，那麼園區內再多的食草都不夠應付。

每當進到那些以貼近生態為名的人工蝴蝶園區時，看到的不是漫天蝶舞情景，而是擔心著這些園區內的蝴蝶經過近親交配之下會讓蝶體越來越衰弱，為了避免基因上的限制，園區內在進行保護蝴蝶的同時卻也在背後必須要跟商人妥協或是從野外再捕抓蝶類進來，以維持血統的正常。過去參觀過的蝴蝶園區一些正美麗一些已頹敗，一些還在努力朝美麗或頹敗傾斜，只是美麗的背後藏著許多的秘密。為了維持繽紛蝶景，需要耗費更多的精神和金錢來製造出一個美麗的假象。反過來說，說不定這是蝴蝶精心策畫，一場要人類因為私慾佔有牠們，所需付出既勞心勞力又耗時傷財的美麗陷阱。

看過國內許多大小蝴蝶園區，金獅湖蝴蝶園區最吸引我的大概是栽種了許多國內外的各樣馬兜鈴，數量種類遠遠超過國內其他的蝴蝶園，有異葉馬兜鈴、港口馬兜鈴、高氏馬兜鈴，彩花馬兜鈴、瓜葉馬兜鈴、菲律賓馬兜鈴等。馬兜鈴的花呈現菸斗狀，花

馬兜鈴。

樺斑蝶幼蟲。（徐嘉澤／攝影）

型碩大且顏色艷麗，栽種在家裡就算引蝶不成也可成為觀葉觀花植物。如果要把家裡布置成像被藤蔓包圍的城堡，那麼此植物一定可以立大功。

我想最好的方式還是交給天擇或是僅栽種一兩株食草即可，畢竟自然界的環境中很少有這樣大量食草同時集聚的場所，蝴蝶面臨大片植草，同樣被人類所欺瞞，以為這是有乳和蜜汁之應允之地，殊不知，乳和蜜汁也會被取竭，天堂也會成地獄。

金獅湖蝴蝶園區。（徐嘉澤／攝影）

高雄專賣南北雜貨的三鳳中街。

風雨之城

◇

濕淋淋的氣候，偌大的風和雨，很難想像這就是常年陽光普照的高雄，暑假結束前和朋友在大遠百高樓飲茶，從窗外看去整個世紀末的風景，黑雲叢聚在城市高樓上方，密切私語著一場大雨陰謀。朋友說著他的感情困擾，我細細地聽，很常見的問題：你對另一人用盡心力，但對方卻視你為可有可無。

可有可無，卻也足夠把一個人折磨的心力交瘁。

在不對等的感情關係中有人脫身得早就能安然無恙，有人想賭一把就得用自己的心、時間、情感和惶惶情緒下注，通常聽到的結果是輸得徹底，但有種人專心的愛最後也換得相等的愛，雖然案例少，但就是有這種逆轉狀況的完美結合。

這一場談話最後的結果也是無解，畢竟每段感情都要自己去走過才會知道適不適合或該怎麼做，別人的想法和建議有時都像隔空打拳，況且要分手或要繼續也是當事人才能決定。

窗外雨勢先是禮貌性地下後來卻不客氣的大了起來，在雨天，窩在一個安全舒適的地方看著窗外風雨搖撼著整座城，大樓底下只有零星幾個人偶爾出現在視野之內。

從窗外看去整個世紀末的風景，黑雲叢聚在城市高樓上方，密切私語著一場大雨陰謀。

每個在風雨之城的人誰不期待有安全的地方可以躲，但只要那片烏雲不走，又有誰知風雨何時要來何時會走？

◇

二〇〇九年的春節假期一人出發前往花蓮，火車前進，一路往南的風景是我熟悉的，

畢竟一周五天每天花上好多時間往返高雄和佳冬之間，是為了工作上的必需。火車每每停靠一站，我看著晴朗天色中上下車的遊客或歸人，前方置物網裡擺置還有沒看完的小說。闔了眼再睜開，時間與距離同時並行，過了幾個鐘頭也火車快飛了幾百里，火車進入花蓮之後農田在陽光底下閃著，如鏡反射，突然想到二〇〇七年冬季和日本野狼搭上火車，我尚在睡夢中被他糊里糊塗拉下站。小小車站裡寫著：姨捨駅，我想起小時看到的一篇故事，大體上就是一位國王認為老人沒有用所以下令要所有子民將高齡者搬到山上丟棄。後來一個子民捨不得拋棄自己的母親而將母親又藏回家，因緣際會之下靠母親的智慧解決了國王的困擾避免一場戰爭，國王感念老人的智慧因此廢除了這場惡制度。

我走到小車站外頭的告示牌寫著此地名稱的由來，果然和自己想的一樣。

這個小站很小，小到像台灣許多被廢棄的車站一樣，只有我和日本野狼下車，天空飄著細雪，車站裡頭有一兩位看起來隻身前來的遊客，正在享受一個人的旅行。我望向小小的村鎮四周，不知道有什麼特別，只是一望無際的田。

高雄有一著名的三鳳中街，那裡專賣南北雜貨。

日本野狼說：「這裡是日本最有名賞月的場所。」

原因是這裡梯田綿亙，所有的梯田像盛接月光的杓子，但冬季的梯田裡只有旱土，張口接的是紛飛的細雪，且天色未暗。我和他走在這小站四周，才知道原來小小的車站所停留的姨捨地帶包含許多故事，比如姨捨傳說、比如月光下的水田絕景、比如一眼望不盡的成群小古墳、比如松尾芭蕉到訪而留下的詩句、比如日本著名武將上杉謙信和武田信玄的川中島戰役……還有更多。

外頭還飄著雪，我們進住旅館兩人窩在床上，以彼此的語言參雜，交換著近日生活，一直以來都是如此，相隔兩地的戀人啊鮮少擁抱的權利，日本野狼又是一個和時代脫節的人，不擅用MSN或SKEPE的結果，就是我們僅能以幾天一次的E-mail聯絡，所有的見面都變得難能可貴。兩人默契的，寒暑假我到日本居住幾周，而穿插在寒暑假之間他像燕鷗定期來高雄。

最後是誰先說要放棄的？我們在彼此的愛情中就像姨捨故事的老人，成了無用的人，或許是沒有辦法生產愛、或許是沒有辦法接受愛，或者已經對兩人生活無感，所以過去的愛情被捨棄，只能任由荒廢雜草叢生。

◇

姨捨站，小小的車站遺留許多神話和歷史故事，成就了另一番風味。

台灣也有許多廢棄的車站也有許多故事等待被發掘，但卻輕易的被割棄。

高雄有一著名的三鳳中街，

三塊厝車站。

三塊厝車站修復工程雖已在2012年9月完工，看上去
嶄新與過去破敗模樣完全不同，彷彿是不同個體。

那裡專賣南北雜貨，很久之前此地有河流通往「三塊厝港」再通往高雄港，許多舶來品來往交易讓這成為商業中心，時至今日，仍是高雄主要的南北貨批發中心，逢年過節許多人都會去那採買必需品。若到此一遊，可順著後方的巷子三德西街走，有個小小的荒廢的車站，「三塊厝車站」就佇立在那。那是高雄是目前唯一的日式木造車站建築，雖在二〇〇四年被列訂為古蹟，但無人維護，任其風吹雨打。這廢棄車站沒有神話作襯托，但從歷史空間再利用和地方文史教育這兩點來看，都值得細心保存。

三塊厝車站排水溝蓋圖案。（徐嘉澤／攝影）

對我來說那車站就像個神隱之地，它與鄰近的建築景致格格不入，彷彿踏入一步就會被吸入時光潮流中，再被吐出時就是數十年前的高雄般。怕傷害它也怕誤入神隱機關，一直以來只敢隔著距離觀看那廢棄車站的歷史美感。時間造就了它的價值卻也無情地在它身上留下傷痕累累。

不停靠的車站並不代表風景不存在。

備註：三塊厝車站修復工程雖已在二〇一二年九月完工，看上去嶄新與過去破敗模樣完全不同，彷彿是不同個體，但目前仍有圍籬隔離，無法靠近參觀。

終點，花蓮到了。下了車站我錯覺以為身處在擁擠的新宿車站裡，全台灣的人說好似的在春節時間全擠向花蓮，所謂的移動只是被後面的人推著向前罷了，這些小事都會聯想翩翩到日本野狼。紛鬧的人群裡瞥見車站外頭小男人見我開心揮著手，我揮手招呼才驚覺自己把該拿在手裡的小說遺忘在火車裡，心理也了解手中握的不代表永遠就是自己的。

只好安慰著自己它會陪著下一個旅人靜靜的前往其他的地點，繼續未完成的旅程。

愛情有時就是如此，我們在某時間停靠一些車站，有時久留有時快離，離開了那車站，你知道可能不會駛回來了，你前往下一個目的地，而下一班列車會停靠那個車站，有人會在那車站停留，取代原本你所在的位置。而沒人停靠的車站終究會被荒棄。有些會被記憶有些會被遺忘，被記憶的成了故事，被遺忘的只好任由煙灰滅散。

在這風雨之城中，沒人知道狂風暴雨何時會驟臨，就算兩人不幸濕透狼狽、愛情醜態盡出，只要有心等待，總會有天晴時刻，又能回復當初清爽乾淨模樣。

可順著後方的巷子三德西街走，有個小小的荒廢的
車站，「三塊厝車站」就佇立在那。

專賣南北雜貨的三鳳中街。

三塊厝車站。（徐嘉澤／攝影）

三鳳中街

高雄火車站前的愛河一隅。

二手秘密交換地

很多時候城市文化被複製成一個模樣，隨處可見的便利商店、書店、連鎖咖啡、速食餐館，人們也被馴養成相同氣息，於是那些小雜貨鋪、獨立書店、苦心經營的咖啡店、特色餐飲也必須在這片戰場上殺出一條血路。

台北獨立書店和二手書店林立，如小小、有河、茉莉，有樂町，這些商家藏身社區小巷街弄裡，呈現一種寧靜感和文化感，高雄曾以女性閱讀、兩性平權、女性文學為號召的獨立書店「好書店」在二〇〇六年已歇業，但仍不乏一些小的二手書店繼續安身立命生存著，之前為了尋書我特意上網搜尋把那些二手書店店家一一跑過，但大多數的店家沒有營造出空間感，所有的書被擺置書架上，角落還有層層疊疊的書未整理。台北二手書店是系統化的管理，高雄二手書店則完全採用讀者尋寶方式來經營。

日本東京神保町是古書街，甚至有專書《神保町書蟲》介紹其中知名古書店，更以手繪古樸風畫出店內擺設陳列模樣，許多人就算鮮少看書也會把神保町列入觀光旅遊景點一探古書店究竟。古書店專職是賣古，二手書店專出清二手。古，價錢就便宜不起來；但二手，價錢勢必就直殺半價，讓人進書店可滿載而歸。

自己生活在高雄最常閒繞的莫過於鄰近文化中心青年一路的百冠舊書中心和光華路上的政大書局，前者將舊書陳列整齊，按出版社按類型來排列，加上空間寬敞沒有傳統二手書店的狹仄感；後者是只要新書癮上來，此書局購書折扣多多，比上網路書店購書更划算。

高雄二手書店則完全採用讀者尋寶方式來經營。

高雄二手書店共同特色是漂浮著一種老氣味，有時會挑到一些比較不舊的，書面看起來乾淨、也恰巧是自己喜歡的，很快就入手了。對於書我沒有什麼癖好，一些人喜歡新書，書腰肯定要收齊，對我來說只要書況還可以、翻閱不會掉頁，通常我都能接受。折扣越低當然

越好，所以封面側面有汙損也無所謂，就算內頁寫著什麼字句，只要不影響閱讀，那就是一本好書。反正書的內容都一致，不會因為那些小瑕疵而影響。影響的頂多是部分閱讀者的閱書情緒或是個人潔癖被騷動難耐。

我的小小房間裡塞滿溢出書架的書，其他場所也暫時成為置書處，打開衣櫃和床頭櫃，就會看見一些書似乎也在對我招呼。買來的書也不急著看，當然懶惰是最大的藉口，每回進到二手書店總提醒自己只能動眼不可動手，卻每每像著魔，出了店門才驚醒，手上或背袋裡又多了幾本。回到家恨不得房間抽屜一打開就是哆拉A夢的四次元空間，那麼藏書問題都解決。另外更希望能變成修羅，三頭六臂，六隻眼睛追著書瞧、六隻手來助陣，那麼那些藏書應該有提前看完的時候。

鄰近文化中心青年一路的百冠舊書中心。（徐嘉澤／攝影）

開始閱讀也要有氣氛，電視不能開、心情要沉澱，雖不像古人沐浴潔身或是焚膏燒香，但來個精油薰香與輕音樂應該有助於與書培養情感，但最後身體都輸誠給床鋪。打開書，看到喜歡的字句不客氣的劃線註記，就算要長篇大論心得或是偷偷說些作者壞話也隨我，反正江山易主，字行裡我自然可以當山寨王，神來一筆塗塗鴉或插畫也未嘗不可。這些二手書籍本來還有前人的味道，透過自己的體溫和筆的接觸後，逐漸也發展出屬於自己獨特的氣味，像是歪斜的字體、彎曲不羈的重點線，當然少不了一些餅乾殘渣或是飲料污漬，或是臨時有要事的隨筆或記下不知名的電話。

位在文化中心附近光華路上的政大書城。

周遭朋友一致的困擾就是藏書太多，家中無處可擺，有人趁著愛心捐書做善事、有人則把書死命裝箱堆著等待有朝重見天日、有人像我母親一樣喜歡家中有厚重的百科全書、環輿全球、偉人傳等大部頭做為居家裝飾，卻都沒翻過。我的房間不過五六坪，臥室兼書房，可以擺書的地方幾乎都橫豎擺著不同類型的書籍，拉拉雜雜的看起來好像很人文，其實是雜亂，有時我想把書堆疊成一張床，那

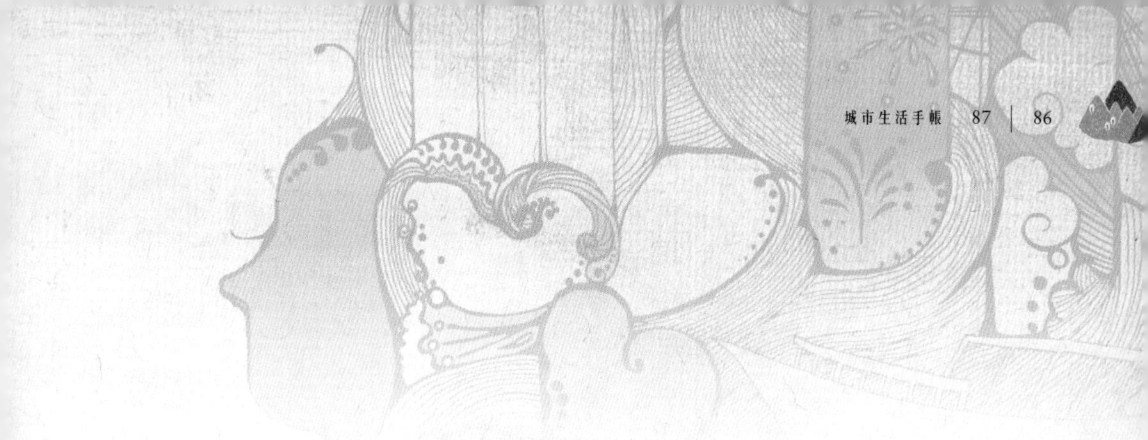

麼此後可以少了床板的空間。但又怕書逐日堆高，總有天我閉眼睜眼就是與天花板面對面。

藏身屋內的書有的書頁已經泛黃，現代人少人保養書更無論是曬書除蟲等步驟了，通常黃斑和灰塵上書身，也就知道這本書入住房間的大概年紀有多大，這些歷史的印記裡藏著我各時期的想法和筆跡。過去的信件、照片、旅行小物等，我總是在每年年終處理雜物時，狠下心來拋棄那些廉價的戀情或回憶，唯有書，我想要它們陪我一輩子。況且書也是秘密良好的歇息場所，有時翻開藏書，夾在紙頁之間的可能是書卡可能是塗鴉可能是某人給的小紙條或是某張照片，總輕易把人帶回過去的時光和思緒。那些被夾在書裡的物品，因此逃過每年大掃除的屠殺，於是自己心軟的把那些又收入書頁，當成下一個五年或十年後的神秘驚喜。不過提到驚喜，或許塞張千圓鈔票會比較實際點，也說不定。

多年前，曾短居基隆這濕冷的城市，下過雨的微夜，巷道晃蕩著些微的迷濛，渙散的車燈池邐而去，不斷地朝路的前端拉長光的影子。這城市總被提前來臨的雨季淹沒，從窗外望去，人撐著傘，化成湯湯河水裡的一朵花漂向四方。彼時的我卻不知道自己還會困愁在這雨城裡多

茉莉二手書店高雄店一隅。（茉莉二手書店／提供）

三餘書店一角。

久，而戀人卻遠在他鄉。住的地方算乾淨舒適，唯除濕機終日開著，否則家具和書本就會發霉遭殃。明明只有一個人卻擁有雙人床，床大得空盪且心酸，幸好還有書作陪。

時時搬了一堆書往床上堆，滿滿得像是一池書海，只留下小小的地方讓自己感到安心的睡去。某日異想天開的用書來替代玫瑰花瓣，將浴缸放了個滿，點了能浮在水面上的蠟燭，宛如一場認真的儀式。我蜷在浴缸內，將某本書緩緩一頁一頁地撕，飄散在水面，彷彿這些字句就要消融在水裡，自己浸浴在這融化知識的水池。

大概多年前造的孽，那成精的書附在身上陰魂不散，此後，就被書這些冤親債主給糾纏，無法丟無法捨無法賣，心裡直念著最好最好有間自己的民宿或是咖啡館，將那些書一致羅列，讓人一眼望去就知道主人的讀書喜好。或許客人翻開書可以一探那些二手書裡究竟藏著主人或前主人或前前主人的哪些秘密，心事也可一手又一手的輾轉下去。最好客人也能在書裡留些心情軌跡，把舊書當成你我他的交換日記，也當成可以傾訴秘密的地洞。

備註：茉莉二手書店（位於新光路三十八號B1）也進軍高雄。另外三餘書店（位於中正二路二一四號）的開幕，讓高雄又重新擁有獨立書店。兩間店為高雄文化注入活水。

中繼站

我與同是寫作者的郭正偉在二〇〇八年網路上認識，我們在文學路上互相提攜，彼時他和朋友成立「我希望」工作室寫文案作設計發行創意貼紙，他手上掛滿五顏六色的手環，頭髮和穿著都很個人風格，除此之外他替人寫劇本，也拍成電視劇和電影，他彈吉他也談文學。我們固定一月兩次相約聚餐，不是在近文化中心林泉街的「倫敦．唐寧街十號」，不然就是在中正路上的「步道咖啡」閒聊，交換文章閱讀也交換生活瑣事，偶爾也另覓說話的空間。

當時聊得話題，有的成真有的依舊是夢想，但能把心裡的話徹底說出來，就像把重擔給卸下或有人共同分擔。雖然如此，但路還是要獨自走，有時我們走不同叉路，有時並肩同行，二〇一〇年寶瓶文化推出「文學第一軸線」，一下推出六個文學新人，我和郭正偉並列，彼時我在基本書坊和九歌文化已各出過短篇小說和散文集，他第一本描述個人經驗和成長的《可是美麗的人（都）死掉了》被推上書架。

書中的內容大多在我們兩人聚會中拜讀過，但集結成冊一口氣閱讀下來更能感受到特殊味道，書中細述他從小因為右臉先天性顏面神經麻痺，所以導致左右臉不協調而遭受到的冷漠對待，這些他都細細寫在書裡，從沒對我說過，對寫作者來說，書寫像將大樹挖個洞，將生命點滴的秘密訴諸裡頭再扎實的填滿。關於自己身體的殘缺，郭正偉了解得更多，告訴別人再多，那些話就像被風吹散的蒲公英種子一樣，一下就飛往他處不見蹤跡，只有一筆一畫刻下來成為文字，才有力量。書中的文字像泥土，一點一點將閱讀者內心空洞的部分填補起來。

步道咖啡。（徐嘉澤／攝影）

人生需要很多中繼站，有時是一間店有時是一個人，它／他讓你感到放鬆、徹底歇息、替你補充能量，然後讓你有氣力繼續往前走。書寫，某種形式也是種中繼站，寫作者整理想述說的故事或想法，用時間精力腦力去完成它，再將它完整呈現在讀者面前，內容包含了自己對自身、對愛情、對家庭、對社會、對國家、對世界的全面概念，完成後繼續尋找下一個書寫的目標。閱讀，也是另種類型的中繼站，閱讀他者的故事，我們才能停下腳步想想自身，從別人的故事中獲得什麼，更能看清人心或萬物的全貌。

兩個寫作者的相處並非那麼一板一眼，我們也會尋找城市裡好玩的地方，他說以前曾在小酒館打工代班過一陣子，我央他帶我去他朋友的酒館，那間名為「六饕」的酒吧位於民族路上，深夜大馬路旁的小酒館，既是燒烤店也是小酒館，風格日系又lounge，頂著光頭的老闆麥克熱情招呼，個性豪爽的跟誰都是哥兒們，從絡繹不絕的客人來看就知道老闆燒烤功夫了得外，待人功夫更有一套。

已易主的「六饕」。（徐嘉澤／攝影）

一同去過福建街上「WOW Cafe & Lounge」，兩人初到新地點就像探險，怕踩地雷但更多時候是希望挖到寶，酒保阿佑功夫了得，將金桔搗碎放入杯內，又把黑醋栗酒和琴酒加冰塊和果糖將味道搖勻，再倒入杯中，那味道我至今還記得。中間又讓我們試飲了幾款酒，不管哪款都很深得我心。

也去過文化路的「Mixer Bar」美式小酒館，店內擺置復古沙發和燈具，非常普普風，老闆中美混血，說起話道地台味且幽默，酒吧內哪處都適合拍照留念，缺點是燈光不足下只能把人拍出朦朧美。

城市的小酒館，成了說話的中繼站。（高雄市政府文化局／提供）

城市的小酒館，成了說話的中繼站，並非周末假日才是玩樂日子，任何一天都可以給自己一個藉口出走，把小酒館當成冒險，任酒保巧手出他拿手調酒，像是觀賞一場魔術秀。我們不必急著起身、不必趕著回家，任何需要話語交換的時刻，只消尋找一個小小的酒館，把自己丟在那，放空著抽菸、隨意的閒聊、慢慢的品飲，這一晚就有意義。

或許這一晚你或你的朋友或陌生人會成為哲學家與你分享人生大小事、或許是藝術家、評論家、收藏家，小酒館總是把我們擁有的和未被開發的一一展現。酒有魔力，把一個人變得更沉默或多言，要你深思或放縱，你無法抵抗酒帶來的奇效。

好比誰都知道在酒館點了長島冰茶就是今晚我想醉以及要世界充滿

愛與和平，誰都可能成為今晚的陪宿者；點了整組的Teqila shot就有點神風特攻的味道，今晚看誰醉臥小酒館；點了Red Bull加任何基酒都成了提神劑，要人整晚High翻天；點啤酒就是只想輕鬆一下不宜醉；或者以威士忌宣告自己的品味，慢慢消磨這個夜，也是可以的。

小酒館自有小酒館的哲學。每個酒保都有成為酒保的故事，正如「我們」有成為「我們」的故事一般，這不是魔法世界，沒有人是突然變成現在的模樣，來到小酒館只是為了一個喘息，昏黃的擺設和醉人的音樂，隨著節奏吐出秘密，好比我好寂寞、好比我好愛你、好比這些都是謊言。城市的小酒館承載著許多人的愛欲和情愁，並非周末夜才適合放縱，只要推開們找個舒服的椅子，什麼都不想，或許連你的心情都可以交給酒保決定。或許只消說一句「來一杯特調吧！」就可以。

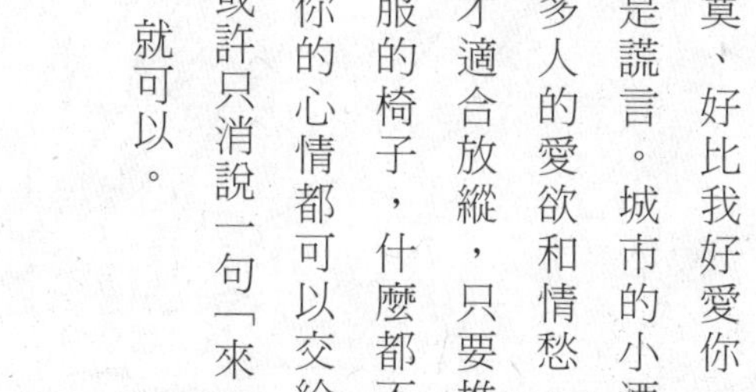

Mixer Bar 美式小酒館。（徐嘉澤／攝影）

小酒館有小酒館的哲學。（高雄市政府文化局／提供）

二〇一二年郭正偉辭去高雄郵差的工作，北上繼續在文學上發展，同年七月和過去在「我希望」的設計師小安合作發行《尋找阿飛。郭正偉的demo2》（逗點文創結社），之後做了幾本書的編輯，現在正式成為基本書坊的總編輯。我們雖分處兩個城市，但持續走在相同的夢想道路上。

這城市很大，人很多，有時我們需要的只是一個可以談天說地的知心好友，但適合自己的小酒館就像真愛一樣可遇不可求，那間「六饕」已易主，「WOW Cafe & Lounge」已歇業，剩下「Mixer Bar」還穩扎穩打經營著。一間小酒館的故事或許比我們說得故事還要短，也跟城市中的愛情一樣，來得外去得快。這城市中生存不易，能成為我們生命故事的中繼站也越來越少。

每一間小酒館都是一個生命故事的中繼站。（高雄市政府文化局／提供）

禁行機車
大立

車水馬龍交會的五福路中華路口。

美人心機

站在車水馬龍交會的五福路中華路口，無論誰的眼光均會被那棟流線體建築物給吸引，大立百貨請荷蘭建築事務所UN Studio設計規劃了大立精品館分身於一旁，當初興建時每經過這還常與友人討論蓋得是不是立體停車場。等到真正落成後，每到夜晚外牆光影變化出不同圖樣，配合不同節慶也有不同巧思，搭配聖誕節的綠紅聖誕樹圖樣、搭配情人節的愛心圖樣，或是搭配新年的「HAPPY NEW YEAR」字樣，讓高雄的夜更添豐富。

偌大看版一一陳列在精品館名牌外頭，如當季看板是兩位女子穿著妖豔服飾，手提這季最流行皮件款式，具叢林氣息的她們像隨時會將男人撲倒在地的野獸。以美色為利牙、以華衣為尖爪，將男人的心掏出舔舐。看板上的她們表情漠然盯著遠方，像是呼喚誰加入她們這一掛。女人最缺夥伴，尤其對美更沒抵抗力，和美女為伴似乎自己也是一份子。於是，大把鈔票換取當季火紅服飾和皮包，一同加入獵取男人目光行列。

女人爭奇鬥艷卻在當季廣告之下彷彿成了彼此的複製人，對方身上的太陽眼鏡自己也有一副，自己手中的手鍊項鍊戒指……A女B女C女似乎都曾穿戴過，那些最最流行的眼影、口紅、腮紅、防曬乳、美白霜，像是美貌保證，哪個女人桌上沒有？若是把衣櫥服飾、盒內首飾、梳妝台上化妝品一字排開，彷彿人人品味都成了一個模樣，只差搭配組合各有千秋。

女人爭奇鬥艷卻在當季廣告之下彷彿成了彼此的複製人。
（徐嘉澤／攝影）

她們討厭被拷貝卻又不斷拷貝雜誌上那些甜美女孩與知性美女，從頭到腳像從雜誌走出一般才甘心，連身上香水都要考就，要經典又要趕上流行，總在古典和時代潮流間徘徊。女人追求品項因彼此競爭而難度越來越高，店員秘密口吻像對好友勸說著：「這是限量版，台灣只進口幾個（件、雙、副、套），絕對不會撞包（衫、鞋、眼鏡、套裝）。」那些話語像糖霜，她們就歡喜全吃了進去，但代價還是少不了。以為買了這個或那個、這些或那些從此可以擺脫複製女孩命運，卻在某趴場看見某位神似女孩裝扮雷同的出場，不等對方發

現，自己就像落敗的動物默然離去。

這時代生為女人絕非易事，早過了用水晶肥皂處理全身的年代，走進百貨商場，花花世界為女人開展不同風貌，身體保養從頭到臉到手到腳。每個女人都成了認真學生一一學習，這些專業知識會成就女人一身美麗，知識不僅從內散發也要從外塗抹，一周兩次面膜、一次護足、每日護手。洗澡程序猶如練功，而擦保養品的過程更是不能馬虎，錯過一天就少了更美麗的機會，女人都知曉青春可貴，能留一日便是一日，就怕下一刻眼角多了魚尾紋、嘴角多了笑紋、額頭多了抬頭紋。

哪個女人對青春不錙銖必較，總想贏得眾人目光，一日發覺大家目光轉向，辦公室裡那個老姑婆主管請了好幾天假說要出國玩，怎麼兩周回來之後容光煥發，眼皮大了些、顴骨縮了點、連唇胸都豐厚，莫非海外巧遇仙人將她徹底改造？女主管「女大」果真十八變，習得天山童佬返老還童之術，只是笑容有點僵硬像上了一層漿，配上女主管表情卻又有另層冰山美感，在場的這些年輕美眉都輸個徹底。

不願輸、不服輸、不能輸也不會輸，這是女人追求美的信念，美麗

方法還有許多，魔法靈藥處處都有，電視打開，購物仙子一一見證那些美麗產品的絕妙用處，穿上這套馬甲可以集中、提胸、托高，吸引男子眼光；吃下這個藥劑不需運動可以輕鬆燃燒脂肪瘦身；擦上這些美白效果立現、皮膚光澤即生……只要按下手指撥打專線那些美麗似乎輕鬆招喚而至，還有專人提供諮詢服務。誰都知道美麗不等人，心腸不能軟、手腳不能慢，否則青春即逝。

女人愛比較，跟自己也跟別人，比較美貌、比較誰家孩子乖、比較誰的老公體貼又多金、比較今年去了哪國玩、比較到底誰才是真正有辦法，煩惱事項總把女人拖得一身累，最後不惜地獄裡去上刀山下油鍋。地獄何止一十八，千百地獄每個女人彷佛都走過。好比鐵衣地獄，現代女子為美貌，穿著馬甲將自己塑成女戰士或是塑身衣把自己裹成木乃伊；好比啗眼地獄，為了明眸，雷射手術之後光明再現，從此不用再成四眼蛙；好比千刃地獄，受一刀一俎即可瘦一分一吋，就算萬刃也在所不惜；好比火山地獄，蒸氣室、烤箱房還有岩盤浴，哪個不是每周必需？地獄無間，女人卻個個英雌，習得地獄裡輕鬆來去本事。

現代女子越來越好色，《慾望城市》夯過一個世代，劇中角色誰沒

白天的大立精品館。

夜晚的大立精品館。（徐嘉澤／攝影）

才情？誰不好色？於是女人各把自己套進劇中模式，常聽妳是凱莉妳是米蘭達、她是莎曼莎她是夏綠蒂，追求外表美貌、追求內在充實，更要大膽要性。性非原罪，但成慾女似乎只能做不能說，就怕被人劃上不檢點以及蕩婦淫娃那片區塊。女人束縛依舊不少，就算地獄來去輕鬆自在，但最怕仍是人言可畏。話雖如此，說起別人八卦卻樂此不疲，垃圾新聞一日循環數十次的疲勞轟炸，看過幾回對於所有社會事件、影視新聞都瞭若指掌，彷彿新聞上那些人或影視明星就是自己周遭的親朋好友，他們做了什麼、去過哪些地方、吃了什麼，都可以配著早午晚餐宵夜說。

女人本事一百零八招，家事、工作、照顧公婆、敦親睦鄰、縫衣煮菜樣樣定要精，時間管理更是必修學分，六點起床接著梳妝做早餐，甜蜜早餐過後便是一家大小各分飛，小的去學校、大的車陣裡來去又開始新的一天，面對繁重工作腦海裡還要撥空煩惱小孩在學校好不好？老公有沒有外遇？自己最近身體哪裡癢哪裡痛，還有晚餐到底該吃喝些什麼才能滿足每日五蔬果或是健康飲食概念。女人心機三十六，不只在美貌和對付男人，用在生活和家庭上亦是如此。

妖豔的巨幅廣告。（徐嘉澤／攝影）

九〇年代大家都愛不老美人，似乎在她們身上可以同理可證青春留得住，曾經演紅電視劇的知名女星也出來出售青春靈藥，黃金聖水頓時成了眾輕熟女的炙手商品；而過氣女星可以藉著暴肥被公開在諸多媒體，水可覆舟亦可載舟，操作手法反過來，再次苗條現身的過氣女星反而成了最佳的形象代言人。廣告代言以及談話性節目創造另一波女人話題，大嫂團風潮帶領另一批女人當自強，大嫂教電視前的女人如何做菜、如何應對公婆、穿著哪套性感內衣最能吸引老公、如何有效馭夫、和先生吵架該如何佔上風以及如何見情勢不對立即道歉，如何如何，女人不懂的，大嫂團以過來人經驗一一指導。

明星不能老，男孩總在電影在漫畫在電玩在卡通在網路在公仔，尋找完美女孩模樣，瑪莉蓮夢露成了經典歷久不衰，招牌動作和話題總在特殊節日像鬼打牆又來一遍。但出螢幕外的許多明星卻都則被狗仔拍成胖子、拍成醜女、拍成無菸不歡女，拍成倒貼小白臉女、或是謠傳車禍、酒店上班、吸毒、富人包養或是出家不戀塵世。那些下了螢幕的女星成了一般女人，這才讓更多女人感到欣慰，原來女明星也有平凡不堪一面，也會醜也會胖也會臣服在青春腳下。

女人愛美，心成餓鬼，對所有美色之物均餓，見則食之。為身材，吃要有所節制，但對美卻毫無止盡。女人難為，難怪百貨商場總要將大塊大塊空間讓給女人修練肌膚、修習內在美也兼顧外在美，那些外觀裝飾越精美的百貨在我眼中看起來就像豬籠草一樣，發出甜蜜請君入甕，再將人們的金錢吃食殆盡。

美人再怎麼心機，在這些商人們面前還是略敗一籌。

這時代生為女人絕非易事，早過了用水晶肥皂處理全身的年代。

大立精品館

LOUIS VUITTON

站在車水馬龍交會的五福路中華路口，無論誰的眼光均會被那棟流線體建築物給吸引。

有機城

台灣各地藝術村陸續成立，高雄駁二藝術特區原本是廢棄的倉庫區，也在民國九十一年落成，歷經十多年的發展成了近年高雄著名的觀光景點之一，從高雄捷運橘線鹽埕埔站一號出口沿著大勇路步行約五分鐘就可到達。

一個藝術特區就像有機的生命體不斷的變化，去年的風景不同於前年也不同於今年，好比不同倉庫搭配時節有不同展覽，公共空間也有不同的裝置藝術，伴隨高雄著名餐廳帕莎蒂娜的進駐，自行車道的建置，一一讓駁二藝術特區豐富起來，也吸引更多觀光客到此一遊。

一個城市哪裡正興起也有哪裡漸沒落。

鹽埕埔捷運站二號出口右方有棟灰白色經典高雅的建築物，如今關上鐵門，門口零落停了幾輛機車，這裡是高雄在地人共同記憶的所在，是台灣光復後首家在高雄成立的百貨公司，並且是全台首家有手扶梯的百貨公司。小時小舅舅曾暫居在家中一陣，他在這一帶時髦的眼鏡行工作，假日時便會隨機帶著我或兩位姊姊中的其中一位騎乘機車來此吃喝玩樂，小舅舅在眼鏡行工作薪水頗優，他的個性大方花起錢也不手軟，帶我到大新百貨電玩區，常常機台上擺著一袋代幣供我揮霍。父親一人身兼兩職、母親還要兼職縫紉才能養活這個五口之家，家裡對孩子的吃喝不會少，但娛樂和穿著花費則會錙銖必較，這些小小代幣瞬間讓我體會富人的奢靡，不用介意遊戲中的飛機體被破壞，反正桌上還有代幣；不用擔心小精靈被鬼追殺到牆角無處可躲，反正桌上還有代幣；不用擔心賽車連番敗陣，反正……但一個人手上的代幣不會真的無限，隨著歲月過去，這間童年記憶的百貨也不再風華，它也敗了。

大新百貨。（徐嘉澤／攝影）

鄰近的崛江過去因為海港的地利之便，許多舶來品隨著貨輪而來，在此形成獨特的商圈文化，卻也因民國六〇、七〇年代開放出國觀光和大陸探親等政策之下慢慢讓舶來品不再稀奇而失去吸引力。小時的鹽埕區像個不夜城，有戲院、有百貨、

小時的鹽埕區像個不夜城，有戲院、有百貨、有酒吧、有商場。

有酒吧、有商場，就連我們拮据的一家也喜歡來此熱鬧，這裡走走那裡看看。但就算商圈轉移，人的記憶卻不會移轉，有時一家閒聚時刻，還是會對這共同記憶之地津津樂道。

駁二藝術特區成立之後，將原本鹽埕區的衰敗感一掃而空，特區內擺著許多工人漁婦的大型公仔，每個造型特異，這是高雄文化局當初為了反應當代生活情趣而藉此引起共鳴，邀請創作者在這素胚的公仔上進行彩繪創作，呈現出高雄文化和海洋城市的特色。這讓我想到二〇〇五年和朋友去德國柏林時所見到的柏林熊，有四腳站立、有兩腳站立、倒立和坐姿，它藏身在柏林各風景名勝區，表情木訥的任誰都愛，每隻柏林熊被彩繪裝飾得各異其趣，也激起了觀光客的合照和購買欲望，走至小商鋪總對那些縮小版的柏林熊愛不釋手。二〇〇九年當這些工人漁婦的大型公仔進駐駁二藝術特區後，在此地造成一股攝影風潮，每每假日總湧進許多在地人和觀光客爭相與這些公仔合影，有的做成青花瓷模樣、有的KUSO成麥當勞或無敵鐵金剛，有的則被繪成廟宇或未來高雄的想像

駁二藝術特區。（徐嘉澤／攝影）

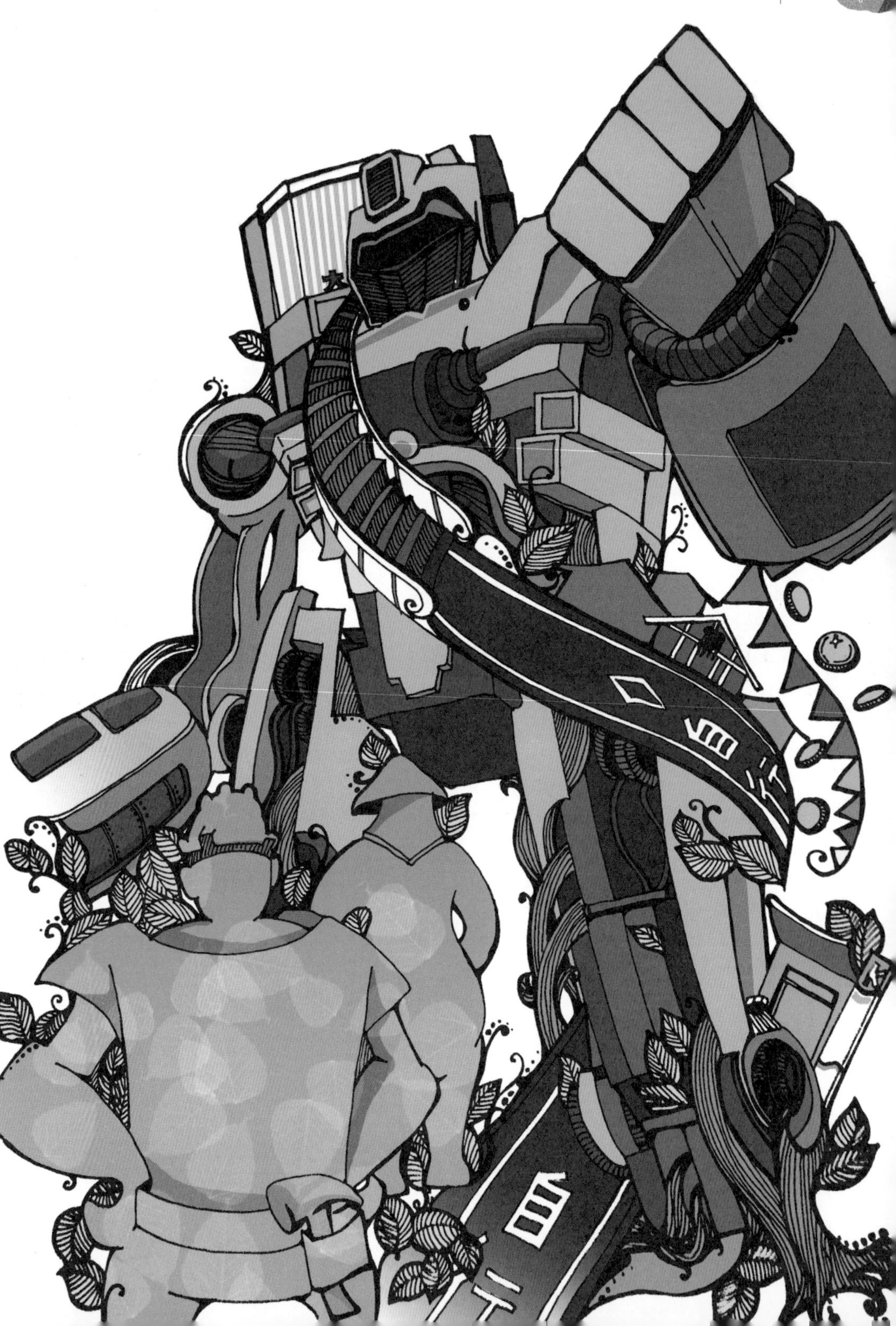

模樣。若能師法柏林製作更多公仔將它們安置在高雄各處，例如壽山動物園、中山西子灣、黃金愛河畔、左營龍虎塔等處，甚至推出某些地域的專屬彩繪版本或是與當地店家合作，不僅可以製造更多觀光人氣也可創造出另一波商機。

特區最近最吸人目光的莫過於三層樓高的「五月天ＤＮＡ變形金剛」，前方的告示牌上標示「二〇一一年十月相信音樂致贈給高雄市政府，加入守護城市，追尋夢想的行列」，這三噸重的大傢伙象徵夢想與偉大的力量，也曾跟著五月天樂團在巡迴演唱會中亮相，二〇一一年移至駁二特區成為高雄的一份子，夜間眼睛還會發出藍光，只是一人孤立在此守護城市未免有些寂寞。

順著駁二藝術特區人行步道沿著海港走，行到底就是真愛碼頭了，這碼頭因為電影《痞子英

真愛碼頭。（徐嘉澤／攝影）

五月天DNA變形金剛。（徐嘉澤／攝影）

雄首部曲：全面開戰》在此取景而聲名大噪，電影中的「南區分局」更讓人印象深刻，下片至今，南區分局還完整保留在真愛碼頭，從民國一〇一年到一〇二年二月廿八日將劇中場景完整呈現和做展覽。活動結束後的某日我來到真愛碼頭，南區分局內的展覽品多已清空，空蕩蕩的分局顯得有些寂寞。

日本岡山縣有一超人戰隊，「ライトアップ戰隊LEDマン」，專門守護縣民交通安全，高松市則有「未來環境防衛隊」進行守護環境和保護地球的重要任務，琦玉縣更一舉推出了「埼京戰隊」、「みやしろ戰隊」、「稲穂戰隊」、「田園戰士」、「白き勇者」、「航空戰士」、「埼玉戰士」、「ローカル戰士」、「家計お助け戰隊」、「彩光戰士」，總計十組隊伍多達廿七人的組合來做縣內相關政策宣導活動。超人戰隊工作包山包海，有的還包吃包喝，好比北海道函館的拉麵超人

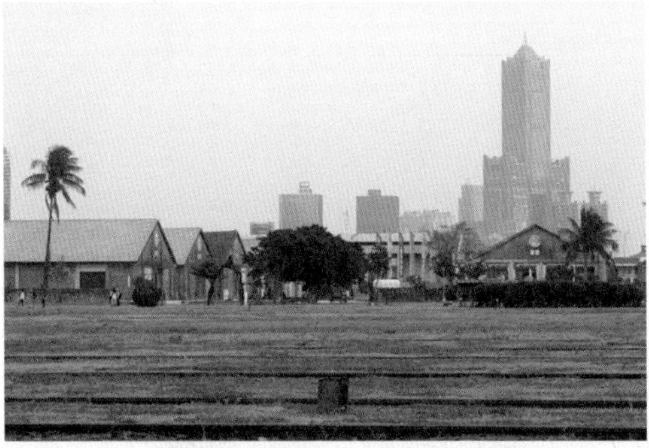

高雄駁二藝術特區原本是廢棄的倉庫區，也在民國91年落成，歷經十多年的發展成了近年高雄著名的觀光景點之一。

戰隊，「ラーメン戰隊5麵ジャー」，主要任務就是刺激當地拉麵的觀光市場，留萌市則有米飯超人，「米飯普及戦士コメファイター」，來推銷當地的特色米飯，這些玲瑯滿目的超人戰隊儼然比地方性的吉祥物更吸睛，容易讓縣民有親切感，推廣政策上也讓民眾接受度高，也讓縣民從小學習各種公民道德和培養正義感，或讓觀光客覺得有趣。

期待高雄哪天有屬於自己的特色超人戰隊出現，多打造幾尊不同造型的變形金剛共同守護高雄，讓ＤＮＡ變形金剛不再孤軍奮戰，並且將南區分局改造為他們的辦公場所，再現南區分局風采。

駁二藝術特區。

駁二藝術特區歷經十多年的發展成了近年高雄著名的觀光景點之一。

FUJITSU

Kao hsiung

高雄，深呼吸

二〇一〇年台北２０２兵工廠濕地因成為中研院生技研究園區預定地而引起環保團體抗議，作家張曉風甚至投書媒體，更下跪為被喻為「台北的肺葉」的濕地請命，之後各地聲援力道不斷，總算讓當時的行政院長吳敦義公開發言說會暫緩開發，等環評過關再動工。二〇一二年二百多公頃的２０２兵工廠濕地中僅有二．五公頃被劃設為地方級國家重要濕地而加以保護，其餘地區按原計畫進行，罔顧專家呼籲若此地強行進行開發會影響台北松山和南港，而成為洪害高危險地區。

在城市越來越工業的同時，怎麼將生態保留或尋回成為最大的命題，美國景觀之父弗列德瑞克．歐姆斯德（Frederick Law Olmsted），將波士頓公園結合鄰近的河流、林區、灘地、沼澤等景觀直到富蘭克林公園，總計距離約七英哩，連結成一條生態系統的綠色鎖鏈，被譽為「綠寶石項鍊」，這條神奇項鍊提供當地市民休閒去處也改善城市洪害和汙染問題，更讓許多生物能賴以為生。

猶記得小時愛河在整治前，因工業和家庭廢水一味往這傾注，每每經過總是臭味薰天加上河面上常有垃圾，讓人不敢親近，甚至在二〇〇二年有大量魚群因愛河水質優氧化而大量暴斃，惡名更加昭彰彷佛成為高雄的毒瘤。後來市政府以疏濬河道和污水下水道計畫改善河川水質，加上河道景觀的整治，於二〇〇六年以生態工程完成「愛河中都濕地」，顛覆了以往高雄人對愛河的負面觀感也營造出有利於生物的棲息地。今日的愛河已成為觀光和休閒的好去處，晨起有人在這慢跑運動、傍晚有人在河畔飲咖啡觀落日、夜間有人乘晚風聽音樂，或是搭「愛之船」悠悠晃盪。那一艘艘穿梭河面的小艇讓人想到其他城市著名的河流，好比萊茵河、塞納河、多瑙河等，雖然與國外那些橫行大河面的渡輪比起來迷你不少，但也拉進遊河者與城市的距離。假日愛河旁有創意市集和街頭藝人呈現出熱鬧風貌、元宵節則有燈具擺設成了最光亮的一條河、端午佳節則有龍舟競速馳騁，一些特殊節日偶有煙火在此施放，夜空河面光彩奪目、相互映襯。

愛河花燈。（徐嘉澤／攝影）

高雄市結合數個市內濕地打造出「高雄市濕地

傍晚有人在河畔飲咖啡觀落日、夜間有人乘晚風聽音樂，或是搭「愛之船」悠悠晃盪。

生態廊道」，彷彿強健了高雄的「肺」和「腎」，從北到南包含援中港濕地、半屏湖濕地、洲仔濕地、內惟埤（美術館）濕地、本和里生態滯洪池、愛河中都濕地、愛河之心的如意湖到鹽水港溪濕地等，這條生態廊道貫穿南北如弓形，鄰近有許多自然公園、親水公園等相互支援，可以提供各樣鳥類、昆蟲和植物種籽能夠自由移動和棲息，也兼具生態教育、保存物種多樣性、蓄水防洪和民眾休憩等功能。

在高雄眾多濕地中，另一個較為人所知且容易親近的就是內惟埤（美術館）濕地，一旁就是高雄市立美術館、雕塑公園，結合人文與自然、知性與感性。大概此地的生態公園打造得太過成功，所以部分民眾會將棄養的生物攜至此地「放生」，而使得原本規劃成適合本土生物居住繁衍的產所遭受破壞。此地最有趣的地方莫過於一些惡搞標誌，例如「當心氣功」、「嚴禁膜拜」、「禁止阿魯

「中都濕地公園」裏的生態教育中心。

巴」、「畢卡索出沒」、「嚴禁烤鴨」、「禁止野放」、「當心水怪」、「嚴禁泡湯」等，如果來此，不妨多費點心思尋找藏於樹叢花間的標誌。

「愛河之心」則以黑馬之姿迎頭趕上，位於博愛路和同盟路口，二〇〇八年市政府耗資一億七千萬打造完工。據說從高處往下望，發亮的橋圈圍起來的形狀如愛心般而得名。東湖為生態滯洪池，栽種了蘆葦、香蒲等水生植物來進行水源淨化，並有噴泉落瀑裝置，增加水中含氧量；西湖為迴船區，設有環湖步道和景觀看台，可見燈泡閃爍的「愛之船」從愛河河畔一路來此。夜間黃光照射下彷彿一條金龍盤踞河面上蜿蜒而去，若順著巨龍延同盟路看去，就可看到發著七彩燈光的「光之塔」。

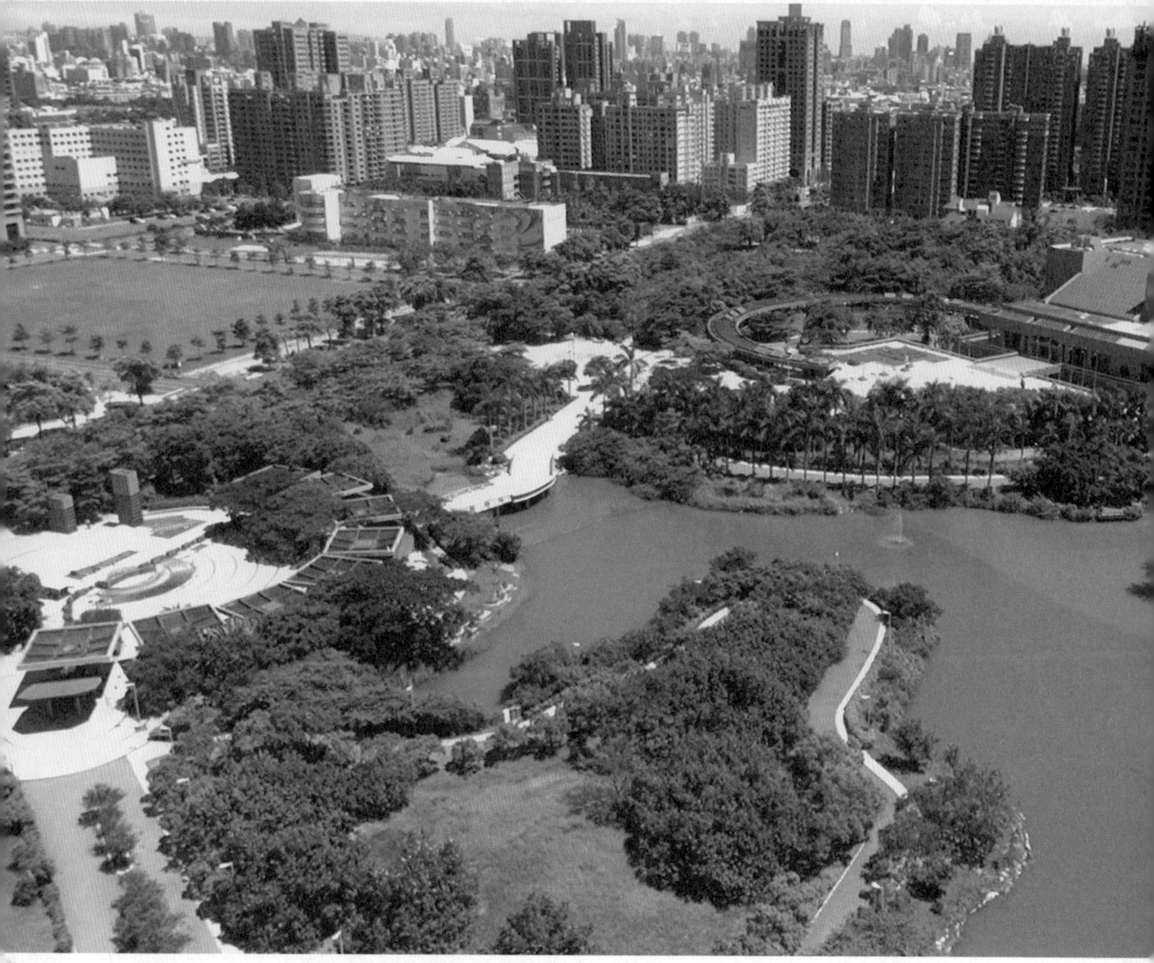

高雄較為人所知且容易親近的濕地就是內惟埤（美術館）濕地，一旁就是高雄市立美術館、雕塑公園，結合人文與自然、知性與感性。

唐榮磚窯廠。（徐嘉澤／攝影）

「中都濕地公園」位於後火車站約兩公里位置，二〇一一年完工啟用，鄰近中都唐榮磚窯廠，這窯廠雖不再運作但殘存的紅磚工廠外觀和豎天煙囪還是引人注目。濕地公園內的遊客服務中心旁有親水棧板，各樣種類的紅樹林就種在一旁，幾乎唾手可及，可近距離的觀察海茄冬的呼吸根從濕地裡冒出頭來。另有吊橋連接服務中心和生態島，並設有供輕艇和獨木舟停泊的碼頭。這被譽為「都會生態桃花源」的中都濕地公園，更在二〇一一年獲得「二〇一一國家卓越建設獎」，二〇一二年榮獲「二〇一二全球卓越建設獎」之環境復育類首獎。若有機會在高雄慢遊，一定不能錯過這令人驚豔的地方。

D在左營蓮池潭旁的洲仔濕地公園擔任志工解說員，他說左營過去與與彰化全興、屏東林邊、台南官田為「水雉」的四大主要棲地，後因高雄過度開發，導致水雉遷徙至台南官田一帶。於是洲仔濕地公園推動「水雉返鄉計畫」，除在二〇〇三年獲得福特環保首獎外，更於二〇〇四

年獲得高雄市政府首肯將此地規劃為永久國際性人工濕地。在二〇〇五年成功復育了鴛鴦，也是全台在平地唯一可以親眼目睹鴛鴦的地方。

過去的高雄為發展經濟而犧牲了環境，為了讓高雄成為永續城市，所以從河川整治、下水道工程，到發展節能的世運主場館，都無非朝建

2006年以生態工程完成「愛河中都濕地」，顛覆了以往高雄人對愛河的負面觀感也營造出有利於生物的棲息地。

設與自然共存的目標發展。高雄以往因只著重工業發展而被戲稱為「文化沙漠」，但反觀現在，這些濕地將高雄點綴的綠意生態盎然，高雄著重水系藍帶也重視生態綠網，不僅如波士頓般有了自己專屬的城市項鍊，還升級成「綠寶鑲藍鑽項鍊」，文化與自然兼具的高雄早就是台灣的綠洲中心。

當二〇一〇年被稱為「台北的肺葉」的２０２兵工廠還在因環保問題爭論不休時，在高雄同樣有軍事色彩的衛武營已在同年轉型為「衛武營都會公園」，為「高雄肺葉」添上一名生力軍。

在高雄，誰都可以放心深呼吸。

中都濕地公園一景。

入口
出口
出口 EXIT
KERRY

柴山與愛河沿岸。

夢想遊園地

沒人知道這隻小怪物來自哪裡，一開始還覺得醜，看久了就醜得很平均，再久一點就像誤食毒品，一步步被催眠成這小傢伙還真可愛。後來像外星怪物來襲，一隻怪物帶領著一隻，整個家族於是被創造出來，不過他們看似無機卻能繁衍出這麼多的怪物，每一隻都奇型怪狀各有千秋，這隻叫小桃、那隻叫小竹輪、還有條碼貓和小肉粽。所有故事都要有可愛又迷人的反派角色，那麼主角叫ＯＰＥＮ小將，敵隊主角就叫ＬＯＣＫ小醬吧！原本在台灣發行的ＯＰＥＮ小將家族，最後反向操作回日本，這次ＯＰＥＮ小將不自己現身而另派其妹ＰＬＥＡＳＥ美眉，而那些朋友也大洗牌，舉凡小螺絲鼠、栗栗貓還有身世不明機器人轉轉飛，錯綜糾結的故事都可以編成一系列的奇幻文學。連上官方網站還可看見ＯＰＥＮ家族的四格漫畫，

夢時代摩天輪。

可愛逗趣故事將所有年齡層的心通通收攏。

現代人購物不再純買物質也買精神，家裡明明有像山一樣的鉛筆和文具，但見到可愛的ＯＰＥＮ家族就又失心瘋的買了相同功能但外觀不同的東西返家，日日夜夜與ＯＰＥＮ家族相處，彷彿你家就是ＯＰＥＮ家。有些人嘴裡嫌棄ＯＰＥＮ家族，結果可能跟我一樣被這些外星怪物洗腦，最後口嫌體正直的又去買相關產品。每年春節便利商店總會賺這小外快，推出除夕到初四一連五天的活動，讓你可以一窺ＯＰＥＮ家族另類生活，所以乖乖掏出腰包每天一百一百的付，換來鴻運當頭又有ＯＰＥＮ家族當封面的超Ｑ資料夾。

以OPEN家族為主題的彩繪車。（徐嘉澤／攝影）

這龐大的家族勢力在高雄蔓延，ＯＰＥＮ小將在台人氣幾乎直逼無嘴粉紅貓，夢時代百貨地下一樓的夢時代廣場裡有ＯＰＥＮ小將舞台，一旁還有ＯＰＥＮ小將許願池，連ＯＰＥＮ小將魔法餐廳都有了，只能說商人的吉祥物攻勢實在太可怕了。再繼續發展下去，專屬ＯＰＥＮ家族的

遊樂園應該也距離不遠了。

夢時代，這是高雄新一代的城市遊園地，許多偶像劇和電影也在此取景過，好比《痞子英雄》、《蜂蜜幸運草》、《海派甜心》……巨大摩天輪像施展著電子煙火，各色燈光變化由內往外，一波波將夜給炸得絢爛多彩。摩天輪成了浪漫的象徵，有人曾說「每個美麗的城市都該有一條河」，把這句話套用在安居在城市裡的摩天輪上也說得通，例如法國杜勒麗公園的摩天輪、英國著名的倫敦眼摩天輪、日本台場的摩天輪。摩天輪日復一日在城市裡自轉，夜裡發出瑩瑩光火，像吸引飛蛾的巨大光花，逕自開著。人們依序排隊，等待著摩天輪內將美景看盡的人走出纜車換自己進去，纜車緩緩如氣球般上升，城市景色也慢慢浮升，越接近頂端，讚嘆聲就更似煙火迸放此起彼落。

猶記小時什麼都小小少少的，建築物小小少少、商場小小少少、玩樂的場所小小少少，所以人心也小小少少，只要一點點的快樂就能將心填滿。現在建築與天競高，遠東集團打算在三多商圈大遠百百貨旁空地蓋超越台北101的全台最高樓；商場也從過去的小店舖變成IKEA、Costco、家樂福等跨國企業在中華路進駐，夢時代和漢神巨蛋百貨公司也越蓋越如小山一般高；ＫＴＶ、夜市、漫畫書店、電影院充斥在城市中。什麼都變大變多，人心也慾望更多，大家都企求怎麼比快樂更快樂。

位於五福路的舊大統百貨在民國八十四年付之一炬之前，百貨公司頂樓的遊樂場莫過於現在的主題樂園，旋轉木馬、海盜船、小飛機、迷你雲霄飛車……設施以當時來看確實緊抓住孩子們的心。白色巨型城堡前佇立幾匹高大電動馬，父親把我抱起登上階梯將我安置在馬背上，投下硬幣後馬兒原地快跑，跑到筋疲力竭停下為止，馬兒的高度高到一般五六歲的孩子根本無法獨自上下馬，父親惡作劇地說我平常表現太差要把我一人丟在這，下不來的自己只好放聲大哭，直到父親把我又抱下、兩腳安妥踏穩地為止，後來再來此地，不管說什麼我都不再上這當，繼續在家裡作惡、作威、作亂也作福。城堡內躲著害羞的公主，整點才亮相一次，時間滴答滴答，秒針分針一再交錯而過，總算換來公主和小跟班們的登場，結束後這場遊樂園的活動才像畫下正式的句點。

OPEN小將魔法餐廳。（徐嘉澤／攝影）

小時看的童書《胡桃鉗王子》中胡桃鉗王子在聖誕夜率領胡桃鉗大軍與鼠輩對抗；近年電影《魔法玩具城》裡童心是賦予玩具生命力的關鍵，而讓所有玩具生龍活虎般行動起來；動畫《玩具總動員》裡的那些玩具總是在人們背後暗自行動竊竊私語。除了《魔法玩具城》中的玩具總是在人前盡情作亂之外，幾乎這類型的故事設定都是這些玩具玩偶都需在人前禁言禁行，舊大統百貨公司的那一場悶燒，總讓我想寫一本童話，關於那些平常動彈不得的遊樂設施在火災時怎麼同心協力將那害羞躲在城堡、謹守著戒律、一小時才出現一次的公主給救出的故事。

有超商的咖啡廣告台詞是「整個城市就是我的咖啡館」。我想是的，很多時候整個城市都可以是我們的遊園地，春城無處不飛花，但最吸引我們的或許不是那嶄新亮穎的新設施，而是懷舊古樸的那小小不起眼的摩天輪罷了，因為那見證了我們年少最單純、最容易快樂時的自己。

夢時代廣場裡的OPEN小將舞台。（徐嘉澤／攝影）

這時代的企業善於打造吉祥物來親民，諸多場合強力放送，不僅企業，連選舉時候各各候選人也要將自己畫成可愛Q版漫畫來搶年輕選票。每年年末夢時代廣場前便會展開熱鬧的遊行活動，除了整組的OPEN家族做成大汽球加入遊行外，玩偶裝的巨型玩偶也會穿梭在遊行隊伍中。OPEN小將的洗腦已經無所不在，「我是OPEN將，快樂的一天，跟你一起OPEN……」如果忘了這首主題曲，那我敢說你還有救。

OPEN！

卡通大汽球遊行活動。（鮑忠輝／攝影）

熱鬧的大汽球遊行活動。（鮑忠輝／攝影）

星光點點

任誰一定看過各樣大小的星光選秀節目，從美國的「美國偶像」、「名模生死鬥」、「廚神當道」，大陸的「超級女聲」、「中國好聲音」、「快樂男聲」，到台灣的「超級星光大道」、「超級偶像」、「超級歌喉讚」、「超級設計師」等，只要守住電視頻道，多少一定會看到這類型的節目像被感染的殭屍一樣綿延不絕從地底冒出，只是稍稍變了項目和型態就繼續延續，這類節目標榜素人也能出頭天，大街小巷誰不想一戰成名，麻雀變鳳凰，站上星光舞台受人注目。

台灣小，人人更把希望放在眾多的台灣之光上，誰站上國際舞台，彷彿大家都沾光，近年國際體壇上台灣體將輪番上陣大放異彩，從王建民、曾雅妮、陳偉殷、盧彥勳到拿下二〇一三年溫布頓網球女雙冠軍的謝淑薇，在一坨烏煙瘴氣的政治亂象和民心低迷中大家彷彿找到可供心理慰藉和舒壓情緒的地方，只要有比賽幾乎拚了命也要徹夜守在電視機前等著隔空聲援。

吳寶春，也是新星人物，二〇〇八年以「酒釀桂圓麵包」參加世界盃麵包大賽歐式麵包類獲得個人優勝一戰成名，新聞爭先播送，讓老東家餐廳「帕莎蒂娜」的聲勢也水漲船高，此後前往高雄的觀光客又多一採買景點。二〇一〇年續參加世界盃麵包大賽以台灣在地食材，包含彰化荔枝乾、屏東小米酒、埔里的有機玫瑰花瓣等製作「荔枝玫瑰麵包」獲得麵包類金牌，更加奠立世界第一等金牌麵包師傅的地位。台灣各地開始一窩蜂的推出相同的酒釀桂圓麵包和荔枝玫瑰麵包，並且開始搶人挖角，希望吳寶春能轉戰其他所在成為駐店之寶。同年高雄市政府努力幫忙尋覓開店場所，加上陳武聰先生免費提供位於高雄市政府正對面的「都廳苑」一樓供吳寶春成立自己的麵包坊，促使十月底吳寶春麵包（麪）店在高雄深根。

那段時間誰不好奇金牌「麪」（讀音為ㄆㄤˋ，麵包之意）的味道，我和朋友也趕在開幕間的並列排隊人潮裡，排隊一陣子後工

吳寶春麵包店。

吳寶春師傅的麵包店LOGO既像跳舞的人像、又像鳳梨頭、更像「高」字標記一般。（徐嘉澤／攝影）

作人員發送號碼牌，小小店面一次叫號十組，大家依序進去搶買新鮮貨，誰不是空手進去，雙手滿載出來。排隊雖是漫長的等待，但那些麵包隔著窗戶彷彿對自己招手，和朋友們邊望麵包止飢邊聊天，看到「麪」店的ＬＯＧＯ圖案，大家開始討論那奇異造型，既像跳舞的人像、又像鳳梨頭、更像「高」字標記一般，最後雖沒個結果但也把時間徹底殺掉換我們入內大採購，四人將所有麵包各購入一個彼此交換嘗嘗味道，那天我們像專業的美食家，對店內麵包加以評比和打分數，在我們心目中也排出麵包得分高下。至於那ＬＯＧＯ的意義，後來上網查才知代表「月亮高高掛，星星在月亮的懷裡，母子情深，再把星星、月亮、太陽組合成寶春師傅記憶深刻的鳳梨。遠看也像一個『高』字，代表高雄崛起的南方之星。」

「吳寶春」彷彿成了最熱門的關鍵字，新聞媒體爭先報導、出版社也出版寶春師傅如何以熱情成就了他人和自己的書籍，二〇一三年林正盛導演更將寶春師傅的故事搬上電影大螢幕，電影名稱就叫「世界第一麪」。

迷你火鍋燒肉
六合總店
豬腳
佛教文物
藝術
老牌花枝羹
炸大蝦
150
三杯小卷
三杯田雞腿
燒烤龍蝦
上市
9062 MF

高雄知名的六合夜市。

不管哪個城市哪個國度，流傳的永遠是最閃亮的那顆星。

有些星星雖小也不搶眼，但卻堅守崗位，為夜空布圖，成為璀璨星空的一部分。好比庶民小吃對我還說就是點點繁星，不管哪裡的市場，營業時間一到，那些攤販小店一陣排開，像兩軍對峙，隔道陳列，各顯其招。順著路走，無須家財萬貫無須大筆鈔票，「銅板經濟」就是小市民的消費主流。

關於吃食一直是人們所好奇和嚮往，嘗鮮和流行則帶動了氣氛。大餐館的消費或許不是每個人每個可以消費的起，但是夜市美食卻是可以天天流連，坊間許多美食節目一再出動採訪讓小吃成了主流運動，話說回來，那些美食節目也像選秀節目一樣，永遠不死。

求學時就讀省立鳳山高級中學，夜讀或假日時刻便會和高中同學相約鳳山體育場附近的中山夜市覓食；到了大學就讀高雄師範大學，光華夜市更是三天一小光臨、五天一大光臨的所在；戀愛對象就讀中山大學，對於鹽埕區的美食更不會錯過。那些小吃美食成為經緯，紀錄了生活的斷代史，每道食物入口似乎都是一段青春和一個故事。

好比六合夜市的「鄭老牌木瓜牛奶」、「燒烤之家」、「六合張排骨酥湯」，有一陣子在附近補習日文時，每周固定消費一次，一年下來，幾乎所有攤販均嘗過；瑞豐夜市的「萬國牛排」、「阿獻黑糖ㄉㄨㄞ奶」、「阿椪の店ＱＱ蛋」，是我的心頭愛，和朋友前來幾乎每每必點，不改前志承續舊習；自強夜市（又稱苓雅夜市）的「南豐滷肉飯」、「老牌白糖粿」，是夜遊後的吃食；三民市場的「廖家烤黑輪」、「老周牌燒肉飯」則是嘴饞的去處……這些美食小吃各成一霸，如果沒有大胃王般的功夫，只好留到下次再度光臨。對我來說，每每朋友到訪高雄，我心中就有一幅美食星空圖，帶領友人從東邊出發，再到西南北方，順著美食座標畫出美麗的美食星座想像圖。

我們只是城市裡的一份子，誰沒做過發財夢才誰沒做過成功夢，或許我們無法飛往他方國度享受米其林指南推薦的一星、二星、三星餐廳，那些高檔餐廳就像星空中亮度耀眼的一等星，光彩奪目成為經典美食界的座標。或許發財和成功離我們還很遠，但庶民美食離我們很近，就如同夜空裡那些雖然不是一等星但仍持續發光發亮的小星星，不管去到哪都可輕易找到地道小吃溫暖我們的胃、滿足我們的心，也畫下屬於自己的美食星空圖。

三民市場是嘴饞時的好去處。

老牌
花枝焿
店

高雄六和夜市。

長明半條街

高雄火車站前的建國路是著名的電腦３Ｃ街，舉凡電腦、印表機、相機、手機、墨水等，在此一應具全，要購買要比價要修理，來這裡準沒錯。長明街與建國路平行，藏身一側，雖沒有氣派的大路來加持，但密集的商店卻一點也不輸主要幹道建國路。長明街因鄰近火車站，佔了地利之便吸引成衣和電子材料、喇叭音響等專門店進駐，於是又有成衣街和電子街、音響街等頭銜。

鄰近長明街的大港街上算是高雄早期少有的客家庄，所以有幾間道地的客家餐館，例如嘉珍和榕樹下都是老字號，偶有朋友到訪高雄，便帶他們從高雄火車站前站左轉直行到國光客運再左轉到底就是長明街，沿路感受成衣街、電子街和音響街的熱鬧氣息，行到復興一路左轉便會銜接到大港街，嚐嚐地道的客家菜後，再做最後的觀光巡禮，把最後僅存的那幾間日式建築給走過看過，對我記憶中的長明街而言，這街就只剩下半條了。

大學時曾在長明街某戶人家家教，學生對電影有高度的熱忱，每回上課兩人坐定，我還沒招呼他的生活或課業，他就先拿出網路上列印下來的電影排行版表單與我分享，眼睛巴眨巴眨地閃，說起話來俐落得很，清楚告訴我哪幾部片是美國電影排行版的前十名，彷彿他才是家教老師，我是學生。我看電影但不熱衷，也正因為如此，所以話題能早早打住，而開始進行他覺得繁瑣且困難的數學課程。面對那些習題，他一籌莫展，前腳我剛教完解題過程，後腳那些方法就從他耳朵漏光，他常搖搖頭，我像聽到空洞的迴響。我只能鼓勵著，「一天做一點、學一點，就會進步一點。」

我知道把人生線拉長來看，數學不過是人生中微不足道的一部分，只是現階段為了應付考試而不得不去面對的過程。他還年輕，但這道理要自己體會，現在說只會讓他有了怠惰的藉口。

夜深，離開長明街，那些商

長明街因鄰近火車站，佔了地利之便吸引成衣和電子材料、喇叭音響等專門店進駐。

長明街形象商圈

店鐵門半拉、燈光已暗，這裡成了空蕩一條街，只有偶爾幾輛機車來去。彼時，長明街上過了成衣街、電子街和音響街林立的商家後的「鐵路新村」還在，整條街像電影中日本街道的場景，每戶人家前後都植著樹或種著大小盆栽，屋子幾乎被綠意給掩沒，很多時候我覺得那些屋子像藏身樹叢中的貓一樣安靜。據說這裡是高雄除了海軍眷村、中油宿舍地之外群聚的日式老屋，主要是一九三七年日軍在此興建木造宿舍群，光復後由台鐵接手，繼續提供給員工使用。每每騎車上課、返家路途，我總會放慢速度觀察，屋外無論四季時常有許多人搬來椅子坐著群聚閒論。有時和家教學生閒聊太晚，戶外的人都回到屋內休憩，一些屋子亮著一些暗，透過光線把屋內人的剪影裁得清楚，似乎每間老屋子裡都躲著一個故事等人來聽。

我還沒聽懂故事之前，二〇〇七年台鐵以宿舍老舊以及配合都市計畫及鐵路地下化為由，

長明街。（徐嘉澤／攝影）

開始進派怪手挖土機等機械到大港街、長明街來進行拆除工程，機器大口大口嚼下包覆在屋子外頭的植物，接著扯爛屋瓦，然後無腿而逃的屋子只能倒下成為斷垣殘墟的一份子。在這之前許多人為這些建築請命但仍未果，於是只好以拍照、錄影來記錄這最後的景象，我也來了，一時間這裡湧進許多觀光客，像面對最後一隻雲豹的心情奮力地在每間屋子的不同角度取景，一些人家還在一些已搬遷，那些還在的人避開擾人的鏡頭只求最安穩的生活。我只是靜靜地把這條兩旁有日式建築的路慢慢走過，此後就算日光月色仍然，但此地的風情不再。

機器大口大口嚼下包覆在屋子外頭的植物，接著扯爛屋瓦，然後無腿而逃的屋子只能倒下成為斷垣殘墟的一份子。（徐嘉澤／攝影）

根據民國一〇一年七月的《高雄市三民區台鐵站東宿舍更新地區劃定案》中記錄，尚有廿九戶住戶尚未搬遷，而已經拆除的部分早被規劃成收費停車場、臨時工人宿舍和閒置空地等，預計在將來高雄車站完成鐵路地下化後，會將此改造成複合商業中心。

市中心地狹人稠，怎麼有效利用土地的確考驗著政府的智慧，文化與商業並存真的是那麼不可解的課題嗎？台南神農街原本兩旁林立的是荒廢頹圮的木造建築，但老屋子經過改建後有藝術者的創作工作室、小酒館、咖啡店，一舉成為台南著名的觀光景點，假日人潮滿滿，各地觀光客一面拍攝舊建築一面取景新風貌。

散落在地上的拆除公告。（徐嘉澤／攝影）

日本東京稱殘存江戶時代風俗和特具有人情義理的城鎮為「下町」，例如淺草、柴又、人形町等一帶，傳統建築搭配懷舊氣息加上濃濃人情味的營業場所，讓觀光客一走進就彷彿時光倒回數十年前，沿路販賣傳統工藝品、茶碗盤皿、日式和果子還有一些古玩和童玩等器具，過去繁榮的地帶必定有神社，沿著街走就會到，投下錢、搖搖鈴鐺、雙手合十拍掌、內心誠摯祈禱，算是下町遊覽必須的流程。文化是城市最大的資產，一旦抹去就無法重來，就算將來政府打算重建長明街當初的日式建築文化區，但雰囲気（氣氛）就全然不同。把時間線拉長來看，建築、商業隨時都可再起，只有文化資產不會重來。

如今，偶爾要從住家前往高雄火車站時，我會刻意避開紅綠燈密集且車流量多的建國路，而切入大港街、長明街，依舊放慢速度，幾間零星的日式建築還在，但拒絕搬遷的人會老，房子的暫居者終究會離去，等房子回歸到台鐵手上，最終的下場還是一樣，它們會被剷平，然後重建複製成相似的、我們熟悉的商業大樓樣貌。

屋子遭拆遷後被棄置在一旁的物品。（徐嘉澤／攝影）

經過殘存的幾棟日式建築，再過兩三間客家餐館，左轉復興一路銜接到長明街，順著長明街右行就會進到音響、電子材料、成衣並列的商家，順著街道往前看去，火車站就要到了。

長明街上殘存的日式建築。（徐嘉澤／攝影）

空白測驗

植木，當那些女孩們決意討厭你時，你心中想到了什麼？

是否一場生命的叛變？

那些女生像從青春期奔過，頭也不回，不再對你有任何興趣，或是像共組小團體集體漠視等同霸凌你。你才知道「受女生歡迎的才」已失去，那些「才」對你可有可無，但讀者如我們，還是替你惋惜，眼睜睜見原本你所擁有的「才」逝去。你隨著戰鬥獲勝而獲得某些「才」，又因落敗而失去某些。

是的，我們在愛情不也是如此，得到一些能力的同時也喪失部分，那一場場的戀情造就了如今的我們。不是說得到的有多好，或是失去的就是多麼了不起。得到的就是得到了，失去的也不會回來了。在感情世界裡，就算我們打倒再多敵人，舊照片中我們看起來驚慌失措的純真表情或是甜甜笑容都已遠去。一如偶像劇情節，誰都回不去了。

這些「才」在感情裡似乎只有二元對立的可能。

得到「說謊」、失去「單純」；得到「現實」、失去「夢境」；得到「他」、失去「我」；得到「你」、失去「她」。

得到「？」、失去「？」

像個測驗，空白隨人。

我想到我的父親，前一陣子在定稿《秘河》（大塊文化，2013）後我開始審視自己的家族和自己的童年，把舊照片翻出來，也把所記得的以文字以圖片放在自己部落格上（http://blog.yam.com/jyadze），照片中的我和姐姐們好小，父母親相當現在我的年紀，那時的他們有沒有夢想？知不知道他們人生中要經歷過好長一段苦，才能換取現在的安逸？但那時父母親的確努力帶給我們幸福，照片中的背景有蓮池潭孔廟、龍虎塔和澄清湖，就算當時家境比照片中困難，但母親還是盡力把我們打

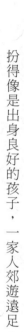

扮得像是出身良好的孩子，一家人郊遊遠足。

小時的高雄和現在完全不同，住家鄰近有大片的田和荒地，父親有時帶我們出門，五口之家全擠在偉士牌機車上，橫過漫天的風沙才能到達我們要去的大新百貨、舊崛江或地下街，有一次玩晚了返家，我坐在機車前方指著月娘說：「今天月亮好大。」

記憶中的月亮好大，本以為長得越大離月亮越近，但現在才發現，月亮變得更小更遠，往宇宙更深處躲去一般。母親當時阻止著說：「不要用手指月亮會被割耳朵。」母親的話應驗了，那陣子我的耳朵紅腫，傷口沿著耳朵外緣結痂，從此我對月娘尊重，只敢看，連探手去抓也不敢。

當家裡三個孩子一一入學讀書，一方面要顧長大孩子的肚子一方面要顧家庭開銷和學雜費，父親開始身兼二職，晚上父親到台灣時報位於鳳山的印刷廠作排版工作，當時的報紙還是人工排版的年代，父親接到稿子就要按字在那些細小的字模中尋字，並且將它們崁入正確的位置，確認無誤後趕在深夜開始印製，工廠內的機械喀啦喀啦響著，這聲音伴

和家人左營孔廟前合照。（徐嘉澤／提供）

隨著父親好幾年，不知道父親的夢裡有沒有這些聲音作伴。直到一九九五年左右報社陸續裁員，因為隔兩年要跟進全面使用電腦檢字系統，不再需要這些用了十多年的員工，只需幾個會操作電腦的人即可，父親也在資遣名單中。過去，父親用「聽力」換取養活一家人的「薪資」，而被資遣時，父親得到「時間」卻失去「薪資」。

那時，我與姐姐們都大學，三人都就讀師範體系，也為了減輕家裡的負擔而選擇有公費的科系，就算經濟壓力沒有那麼大，但父親仍執著的不顧孩子們的勸告要再找一份工作，那段時間父親在深夜工地兼職做保全，避免工地的材料被宵小給盜走。父親以自己畢生的時間去換取一家的安穩生活。

植木，當你捲入爭取「空白之才」的戰鬥時，心中想著什麼？是不是覺得麻煩？反正不積極爭取，這世界不也一樣轉動？但朋友生命受到威脅，你不得不挺身而出。

你的雙手和心如此溫柔，暖暖的溫度讓一切都有了生命，那些空罐頭、菸蒂、紙屑、木塊等垃圾，只要手掌能包覆的，都能幻化成植物。這種能力怎麼在少年漫畫裡與敵人戰鬥呢？敵人可以將毛巾變成鐵、將口中的水變成火焰、將口哨變成雷射光……就像每部漫畫，主角身邊應該會出現有力及可靠的夥伴，但我猜不透誰會想要一個具備「將對手變成眼鏡迷」，如跑龍套般的搞笑夥伴。

在這戰鬥世界中，你們的能力看似無用，並根據法則定律只要打敗敵人就能隨機得到一樣敵人的能力，相同的每輪給一個敵人就會喪失一項能力，直到變成普通人為止。植木，當你「聰明的才」、「運動神經優異的才」……一一失去時，你會害怕和動搖嗎？你有過千萬分之一秒的念頭想保存僅有的「才」，退出這場比賽嗎？

你依舊粗神經的安慰著夥伴，

和家人左營孔廟前合照。（徐嘉澤／提供）

只要努力就能再度得到這些才。

根據少年漫畫法則，你贏得勝利，在「空白之才」上許下「重逢之才」，於是，生命中失去過的那些人和事物又再次返回你的生活。是的，我們擁有再多，若只是孤單一人，那也寂寞。

家人在龍虎塔前照片。（徐嘉澤／提供）

如果，我是說如果，我們取得這張空白兌換卷，那麼會在測驗裡頭許下什麼願？「隱身之才」？「飛行之才」？「控制別人心智之才」？還是「□□□□之才」？

我的父親不賭不菸不酒，只將專注力放在家庭上，他失去叔叔們口中的生活樂趣，卻顧全了一個家庭，而叔叔們享有生活樂趣卻個個家庭出狀況，如果真有所謂的「才」，我想父親所擁有的是「為家庭吃苦耐勞不怨言」的才。我的家庭和睦美滿，對我來說家庭本就當如此，但父親不同，日本戰敗後祖父離開台灣，祖母帶著父親這個拖油瓶跟著另一個男人，從小沒有親生父親且備受侮辱的情況之下，能擁有屬於自己的家就是最大的奢侈想望，所以小心呵護、努力維持。

植木，多年後我再踏訪蓮池潭孔廟、龍虎塔和澄清湖，那些風景如舊昔沒什麼變化，只是照片中的我們已大、父母已老。如果可以，我希望可以借用你獲得的新能力「重逢之才」給我的父親，讓他有朝一日有機會能親眼見見那個他此生從未見過的父親。

龍虎塔。

後記——故事遊園地

大學畢業後在基隆任教一年，整年濕漉漉的氣候讓我幾乎患了病，回到高雄後那些病狀不藥而癒。雖然母親曾拿我的命盤給算命師看，說我宜北且靠海的地方，便會有大好前途。

我選擇回到南部，有沒有更好前程也無可得知，但我確信的是自己現在過得很快樂，那比什麼都來得重要。

高雄，是我從小到大的遊園地，自己創作的小說故事也都在這裡開始。我希望繼續說故事，把這些點滴說給所有人聽。

高雄龍虎塔。

畫家／張嘉芬

畢業於國立台灣藝術大學，國立臺灣科技大學設計研究所。作品風格明亮、正向、天馬行空、充滿多樣性及想像空間，擅長使用工筆畫般的精煉筆觸，用色大膽豐富，勾勒出富含隱喻又充滿童趣的插畫作品。曾任巧連智雜誌小學生系列、高雄市政府出版品《看見老高雄》、《高雄市豐富之旅》……等多種出版品之美術編輯及插畫設計。

導演／二人三角影像創作工作室

《二人三角影像創作工作室》於二〇一〇年成立，作品《髻鬃花》（2010）獲客家音樂ＭＶ創作大賽「最佳導演獎」、第一屆 Your Greatest Glory 國際短片比賽特別獎（2011）獲「最佳活動宣傳短片獎」、《台壽感動您和我》(2011) 短片大募集活動「金獎」。活動紀錄片作品《蚵寮漁村小搖滾》、《Back to spin》等。

攝影／盧昱瑞

高雄人，是紀錄片工作者，但也喜歡四處拍照。近年來耽溺於用影像來紀錄高雄海邊形色生活人文面貌。

南方人文。駐地書寫

國家圖書館出版品預行編目(CIP)資料

城市生活手帳 / 徐嘉澤 著. -- 初版. -- 高雄市：高市文化　局, 2013.10
面；　公分 --（南方人文. 駐地書寫）
ISBN 978-986-03-8705-6（平裝）

855　　　　102022302

城市生活手帳

文　　字 | 徐嘉澤
攝　　影 | 盧昱瑞、徐嘉澤
繪　　圖 | 張嘉芬
刊頭設計 | 陳虹伃
B V 導演 | 兩人三角影像創作工作室
主 網 站 | 南方人文．駐地書寫 http://w9.khcc.gov.tw/writingsouth/

出 版 者 | 高雄市政府文化局
發 行 人 | 史哲
企劃督導 | 劉秀梅、郭添貴、潘政儀、陳美英
行政企劃 | 林美秀、張文聰、陳媖如
地　　址 | 802 高雄市苓雅區五福一路67號
電　　話 | 07-2225136　傳　　真 | 07-2288814
網　　址 | www.khcc.gov.tw

編輯承製 | 印刻文學生活雜誌出版有限公司
總 編 輯 | 初安民
編輯企劃 | 田運良、林瑩華
視覺設計 | 黃裴文
地　　址 | 235 新北市中和區中正路800號13樓之3
電　　話 | 02-22281626　傳　　真 | 02-22281598
網　　站 | www.sudu.cc

總 經 銷 | 成陽出版股份有限公司
電　　話 | 03-3589000　傳　　真 | 03-3556521
郵政劃撥 | 19000691 成陽出版股份有限公司

指導單位　文化部 MINISTRY OF CULTURE

共同出版　高雄市政府文化局 Bureau of Cultural Affairs Kaohsiung City Government　INK 印刻文學生活誌

初版一刷 2013年10月
定價 220元
ISBN 978-986-03-8705-6　GPN 1010202497

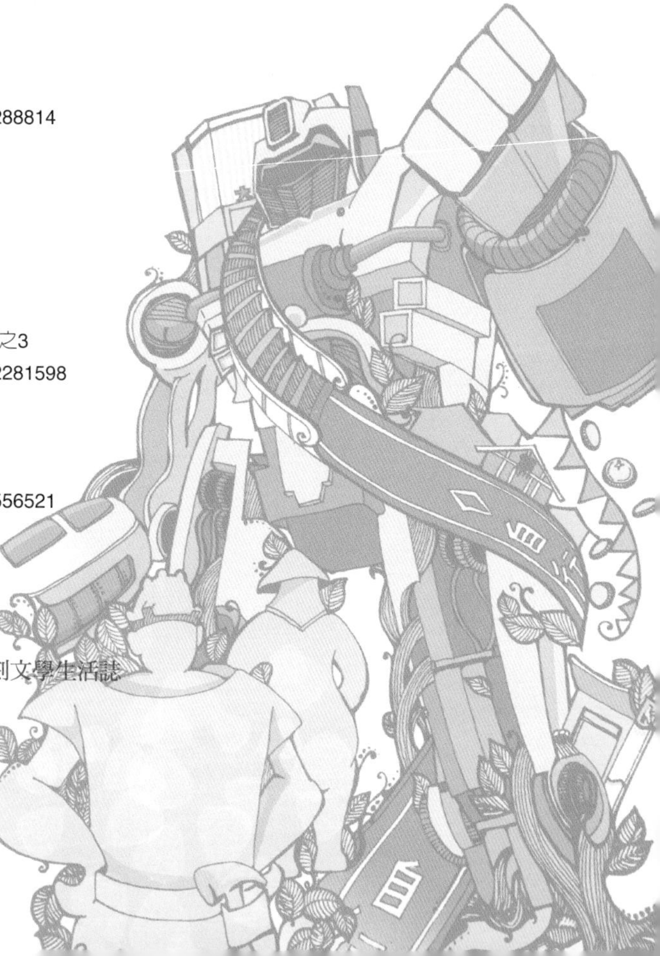